Un célibataire à séduire

JACKIE ASHENDEN

Un célibataire à séduire

Traduction française de
ÉVELYNE JOUVE

MAGNETIC

HARLEQUIN

Titre original :
KING'S RANSOM

HARPERCOLLINS FRANCE
83-85, boulevard Vincent-Auriol, 75646 PARIS CEDEX 13
Service Lectrices — Tél. : 01 45 82 47 47

www.harlequin.fr

ISBN 978-2-2804-1716-7

À mon chat.
Sans raison du tout.

1

Ajax

J'avais dix ans quand j'ai commencé à soupçonner mon père d'être un criminel.

J'en avais treize quand j'en ai eu la preuve et que j'ai décidé de le mettre hors d'état de nuire.

Mais c'était plus facile à dire qu'à faire. Un empire criminel, c'est comme une Hydre : quand on coupe une tête, il en repousse vingt.

Il m'a fallu près de vingt ans pour trancher toutes les têtes, mais j'y suis parvenu. Et j'ai fait jeter ce salaud en taule pour le restant de ses jours.

Bien sûr, je n'en suis pas sorti indemne. Avoir l'honneur sinistre d'être le fils aîné du roi de la pègre de Sydney laisse forcément des cicatrices. Et les miennes sont profondes.

Mais c'est un mal pour un bien. Leur présence me rappelle le grand projet de ma vie : protéger mes frères et ma ville. Et elles m'obligent à rester en éveil, pour empêcher qu'un autre Augustus King vienne prendre la place laissée vacante.

Un homme comme William White, par exemple,

l'ancien ennemi de mon père et l'ultime tête de l'Hydre. La seule que je n'ai pas réussi à trancher – du moins, sans tomber sous le coup de la loi et finir moi aussi mes jours en prison.

D'où la nécessité de changer de méthode.

Adossé au mur de la salle de bal d'un hôtel huppé de Sydney, j'observai la foule parée de ses plus beaux atours qui était venue apporter sa caution à une nouvelle fondation caritative.

Naturellement, je n'avais pas été invité – personne n'invitait un King à un bal de bienfaisance – mais j'étais venu quand même et ils avaient trop peur de moi pour me demander de partir.

Le passé des King était un monstre ricanant avec lequel mes frères et moi avions pris l'habitude de cohabiter, même s'il revenait régulièrement nous planter ses crocs dans la gorge. Pour ma part, je prenais un certain plaisir à m'afficher parmi la crème de la bonne société de Sydney afin de rappeler à tous ces gens que les frères King étaient là, ne leur en déplaise, et que ce n'était pas en les ignorant qu'on les faisait disparaître.

Toutefois, ce n'était pas la raison de ma présence en ce lieu ce soir-là.

La vraie raison était assise à l'autre extrémité de la salle de bal, entourée par cinq malabars qui essayaient vainement de ne pas avoir l'air de ce qu'ils étaient : des gardes du corps en costume cravate.

Mlle Imogen White était la fille unique de William White et l'héritière la mieux protégée de la ville.

Autant dire que cette gamine était comme Raiponce en haut de sa tour : inaccessible. Au propre comme au figuré. Elle était la prunelle des yeux de son père et celui-ci veillait à ce qu'elle reste pure et immaculée, sa princesse parfaite.

Malheureusement pour lui, je m'apprêtais à assaillir le joli petit château de sa fille et à y mettre le feu.

White avait réussi l'exploit de ne pas être emporté dans l'écroulement de l'empire de mon père et, depuis, il attendait son heure. Tapi dans l'ombre, évitant d'attirer l'attention, il essayait sournoisement de reprendre à son compte l'héritage criminel d'Augustus King.

Un héritage que je m'apprêtais à détruire une fois pour toutes.

Ce fils de pute allait dégager de ma ville, et je comptais utiliser sa fille pour servir mon projet.

Je l'observai avec attention, toute sage sur sa chaise, isolée de la foule, entourée par ses gorilles.

Un mètre cinquante-cinq à tout casser, de longs cheveux couleur maïs clair et des yeux verts qui regardaient autour d'elle comme si les invités étaient des tigres et elle, une chèvre attachée à un piquet pour servir d'appât.

Intéressant que son père ait réussi à lui obtenir une invitation et qu'elle soit venue sans lui. Peut-être était-elle effectivement une chèvre, envoyée à ce bal pour servir d'appât…

Mais pour attirer qui ?

Moi ? Non, peu probable. White me croyait trop occupé à diriger *King Enterprises*, mon empire immobilier, pour me soucier de lui. Une stratégie que j'avais mise en place pendant des mois afin d'endormir sa méfiance.

Quel que soit le poisson qu'elle était censée appâter, Imogen était très jolie dans sa robe de cocktail blanche. Une ravissante petite poupée, pâle, voire virginale. Mais avec du potentiel, si j'en croyais sa bouche rose pulpeuse, dans laquelle on avait envie de mordre.

Oui, c'était un adorable petit piège.

Une arme ciselée par son père, et que j'allais retourner contre lui. En kidnappant sa petite merveille, je ne lui laisserais pas le choix. Quels que soient les plans qu'il tramait dans l'ombre, il allait les remballer et disparaître à jamais de Sydney.

Alors seulement, je lui rendrais sa fille.

S'il refusait de partir ? Je le menacerais de prendre la virginité si précieusement préservée de son petit poussin. Connaissant White, cela porterait. Cet homme-là préférerait se trancher la gorge que de voir un King souiller sa princesse !

Pour lui, j'étais le fils de mon père, brutal, sans pitié, pétri de cette violence qui m'avait façonné.

Il ne supporterait pas de savoir sa fille entre mes griffes.

Ce n'était peut-être pas le plan du siècle, mais j'avais cherché un moyen légal de détruire ce bâtard et je n'avais trouvé aucune faille à exploiter.

À part sa fille. La monnaie d'échange parfaite pour protéger tout ce que j'avais reconstruit. Restait juste à la kidnapper.

Dix ans plus tôt, j'aurais traversé la salle, j'aurais jeté la gamine en travers de mon épaule et je serais reparti sans qu'aucun invité ne cherche à s'interposer.

Même la police aurait fermé les yeux : personne ne voulait avoir d'ennuis avec un King.

Mais nous étions ici et maintenant. Et même si je me refusais à utiliser les pratiques sanglantes de mon père, l'enjeu était trop important pour risquer un échec. J'étais donc condamné à l'exploit.

Autrement dit, enlever la fille de William White au milieu d'une salle de bal pleine de monde. Avec cinq gardes du corps qui veillaient sur elle.

Et aussi – petit détail important –, ne pas me faire prendre.

Je détournai mon attention de la princesse esseulée pour regarder vers le bar. Mon plus jeune frère, Leon, discutait avec sa femme Vita. Comme prévu, leur présence faisait sensation. C'était le but. Je leur avais demandé de m'accompagner uniquement pour cette raison.

En attirant tous les regards, ils me permettraient d'agir discrètement.

Leon aurait été fou de rage s'il avait su ce que je manigançais, mais je m'étais bien gardé de lui dire quoi que ce soit. Ainsi, si ça tournait mal, je serais le seul à en subir les conséquences. Mais si tout se passait comme je le voulais…

Le seul à souffrir serait cet enfoiré de William White.

Je cherchai de nouveau Imogen du regard.

Elle était toute sage sur sa chaise, les mains serrées sur ses genoux, immobile comme une statue, à l'exception d'un petit pied chaussé de satin blanc qui marquait le tempo de la musique de fond. Le petit martèlement s'arrêta subitement et elle baissa la tête en rougissant, comme si elle prenait conscience de ce qu'elle venait de faire. Comme si marquer la mesure avec son pied était une faute.

Un autre que moi aurait été pris de compassion pour cette toute jeune femme condamnée à ne parler à personne et à ne pas bouger, ne fût-ce qu'un pied. Mais il n'était pas question pour moi d'éprouver des sentiments. Cette petite n'était qu'un instrument, un moyen de parvenir à mes fins. Rien d'autre.

À côté d'elle, sur la table, était posé un verre d'eau fraîche. J'avais graissé la patte à l'un des serveurs pour qu'il le remplisse constamment. Et, vu la régularité avec laquelle elle le vidait, elle allait devoir aller aux toilettes sous peu. Et alors…

Comme si elle avait lu dans mes pensées, la jolie princesse dit quelque chose à ses gardes du corps et se leva. L'un des gorilles hocha la tête et fit signe à un collègue de le suivre. Ils lui emboîtèrent le pas et tous trois quittèrent la salle.

Parfait.

Éliminer cinq gardes du corps aurait été du sport, mais deux, ce serait un jeu d'enfant.

Je quittai mon poste d'observation et me dirigeai vers une issue qui rejoignait le couloir qu'elle venait d'emprunter. J'arrivai dans le périmètre des toilettes pour dames juste à temps pour la voir disparaître à l'intérieur. Les deux cerbères prirent place de chaque côté de la porte pour monter la garde.

Je laissai passer une bonne minute, sortis la casquette de la poche revolver de mon smoking et m'en coiffai en baissant la visière pour dissimuler mon visage. Puis je m'avançai vers eux.

Ils partirent vers le pays des rêves avant même d'avoir compris ce qui leur arrivait. Je les traînai dans les toilettes des hommes, refermai la porte et cassai la poignée pour empêcher qu'on entre.

Puis je gagnai les toilettes pour dames et entrai.

Par chance, il n'y avait personne d'autre que la petite Princesse White. Elle se lavait les mains au lavabo, dos à la porte, la tête penchée en avant.

Je refermai silencieusement le battant derrière moi, tournai la clé dans la serrure puis me postai là pour observer la petite, attendant de voir combien de temps elle mettrait pour me remarquer.

Cela lui prit une bonne minute.

Elle fredonnait tout bas, complètement ailleurs. Ce fut seulement quand elle se sécha les mains et leva la tête pour étudier son reflet que son regard rencontra le mien dans le miroir.

Elle s'arrêta de fredonner, les yeux écarquillés, sous le choc.

— Ne crie pas, lui dis-je à mi-voix. Je ne vais pas te faire de mal, sauf si tu appelles à l'aide. Tu comprends ce que je dis ?

Les yeux verts s'écarquillèrent encore et la bouche forma un très joli petit O rose. Mais elle acquiesça d'un signe de tête imperceptible sans cesser de me fixer dans la glace, comme si j'étais Belzébuth en personne.

Je la fixais en retour.

Elle avait une peau crémeuse très pâle et ses cils étaient poudrés d'or. Sa beauté conventionnelle échappait à la fadeur grâce à sa bouche charnue et au petit grain de beauté juste au-dessus de sa lèvre.

On sentait en elle une énergie bourdonnante, un courant électrique à fleur de peau, comme un câble arraché par le vent qui se tord en tous sens en jetant des étincelles.

Elle éveilla en moi un intérêt inattendu.

Que se passerait-il si je la touchais ? Le choc ramènerait-il à la vie ce cœur éteint depuis longtemps qui battait froidement dans ma poitrine ?

Merde. Je n'étais pas là pour réfléchir à tout ça, mais pour la kidnapper. D'ailleurs, les princesses virginales – électriques ou pas – n'avaient jamais été mon style. J'aimais les expertes du sexe, passionnées et aguerries, pas les jeunes vierges aux yeux écarquillés.

Je chassai donc ces pensées parasites. Une seule chose comptait : l'emmener d'ici le plus discrètement possible.

— Où… Où sont mes gardes du corps ?

Elle avait une voix claire, avec une petite note sensuelle dans le timbre.

— Je me suis débarrassé d'eux.

Je me détachai de la porte et me redressai de toute ma hauteur. Elle suivait dans la glace chacun de mes mouvements et la stupeur commençait à s'effacer de son visage pâle, laissant affleurer une expression que je ne parvenais pas à identifier.

— Des deux ? insista-t-elle.

Elle semblait incrédule, comme si j'avais accompli une chose impossible.

— Des deux, oui. Ils sont dans les toilettes des hommes et j'ai bloqué la porte.

J'avançai vers elle.

— Ils ne viendront pas te sauver, gamine.

Elle ne bougea pas et continua à me détailler dans le miroir.

— Vous êtes Ajax King, dit-elle.

— Tu as entendu parler de moi ?

Je me rapprochai encore.

— Bien sûr. Mon père vous déteste.

— C'est réciproque !

J'étais parvenu juste derrière elle.

Elle baissa les yeux un instant, puis se retourna, menton redressé, pour planter son regard dans le mien.

Elle était minuscule. Le haut de sa tête m'arrivait à peine aux épaules. Ses joues rosies avivaient le vert lumineux de ses yeux. Ceux-ci rayonnaient.

Ce fut à cet instant que je compris. Ce n'était pas de la peur que traduisait son expression, ni de la sidération, ni même de la colère. Non, ce n'était rien de ce que je m'étais attendu à trouver en entrant dans ces toilettes pour dames.

Ce que je lisais sur son visage, c'était de l'émerveillement.

Pas du tout le genre de réaction que j'inspirais d'ordinaire. En me voyant, les gens éprouvaient soit de l'effroi soit de l'aversion. Cette petite princesse virginale, elle, me regardait comme si j'étais le messie revenu sur terre !

Et le comble, c'était que ma libido trouvait ça très excitant.

Nom d'un chien. Le désir ne faisait pas partie du plan et il était hors de question qu'il vienne jouer les trouble-fêtes. J'étais là pour protéger ma ville et mes frères, pas pour baiser avec une ingénue aux yeux innocents.

Ignorant mon corps rebelle, je lui lançai ce regard dont j'écrasai les imprudents qui s'imaginaient pouvoir discuter mes décisions.

— Voilà le topo, commençai-je. Tu vas faire exactement ce que je te dis et…

— Pourquoi êtes-vous ici ?

Je cillai. Encore une initiative que les gens sensés évitaient de prendre : me couper la parole.

— Quoi ?

— Pourquoi êtes-vous ici, dans les toilettes des dames ?

— Eh bien, je…

— Vous savez que ce sont les toilettes des dames, n'est-ce pas ?

— Évidemment ! Je…

— Vous êtes là pour moi ?

Je grinçai des dents.

— Est-ce que tu vas te taire, à la fin ?

Un petit pli vertical apparut entre ses sourcils clairs.

— Désolée, je ne voulais pas être impolie. Mais j'ai besoin de savoir, vous comprenez ?

Qu'est-ce qui me prenait de la laisser débiter ces inepties sans réagir ? J'étais censé la kidnapper, nom de Dieu !

— Eh bien, oui, grondai-je en avançant d'un autre pas. Je suis là pour toi.

Je la dominai de toute ma taille pour qu'elle comprenne que j'étais une menace et qu'elle devrait être terrifiée, au lieu de me regarder comme si j'étais la réincarnation de Captain America.

— Oh…

Ses yeux s'illuminèrent encore plus et ses joues s'empourprèrent. On aurait dit que j'étais l'homme de ses rêves et que je venais lui demander de m'accompagner au bal de promo.

— Je crois que tu n'as pas bien saisi la situation, ma belle. Je ne suis pas en train de t'inviter à danser. Je suis là pour te kidnapper !

Sa bouche délicieuse s'ouvrit.

— Me kidnapper ? répéta-t-elle.

Puis, avant que j'aie pu ajouter un mot, elle me décocha un sourire émerveillé.

— Mais c'est génial !

2

Imogen

— Comment ça, « génial » ?

Le bleu fascinant des yeux d'Ajax King s'était changé en glace et il y avait de la contrariété dans ses intonations âpres.

Étrange. Il aurait dû être content que je sois d'accord pour le suivre sans faire d'histoires, non ?

Apparemment non.

Mais ce n'était pas le moment de chercher à savoir s'il était vexé ou pas et pourquoi. Une seule chose importait : il m'offrait enfin – enfin ! – l'opportunité que j'attendais en vain depuis plus de deux ans.

L'opportunité d'échapper à mon père.

Mon cœur battait à toute volée, l'adrénaline pulsait dans mes veines.

— Il n'y a pas de temps à perdre, dis-je très vite en regardant anxieusement la porte. Les autres gardes du corps vont s'étonner que nous restions si longtemps et ils vont venir voir ce qui se passe. Il faut partir tout de suite !

— Hé, attends une minute…

Non, non, je n'avais pas une minute à perdre !

Je lui attrapai la main et le tirai résolument vers la porte. Ou du moins, j'essayai, mais il ne bougea pas d'un centimètre.

Malédiction !

Je pivotai vers lui. La peur commençait à prendre le pas sur mon excitation.

— S'il vous plaît… Si vous devez me kidnapper, il faut y aller !

Ses yeux d'un bleu polaire me transpercèrent.

— Tu as *envie* que je te kidnappe ?

Était-ce bien le moment de me poser des questions stupides ?

— À votre avis ? Je serais en train de vous tirer par la main si ce n'était pas le cas ?

Je m'arc-boutai.

— Venez !

Mais autant essayer de déplacer une montagne.

La peur me noua le ventre. Si nous ne filions pas tout de suite, les autres gardes allaient rappliquer. Ils me défendraient et mes chances d'évasion seraient réduites à néant.

On me remettrait dans ma cage dorée, où je ne pouvais pas bouger le petit doigt sans que cinq gorilles entrent immédiatement en action. On me surveillait de si près que j'en arrivais à ne même plus avoir envie de sortir. La cage s'était rétrécie au fil des ans sans que je m'en rende compte. Jusqu'au jour où j'avais compris qu'à moins de m'enfuir, j'allais être broyée.

Si les hommes de mon père me reprenaient, je serais de nouveau prisonnière, impuissante, manipulée. Utilisée. Si seule au monde que mon cœur me faisait mal.

Non, je ne pouvais retourner dans la cage. Pas question !

Je tenais une chance unique de m'échapper et je ne la laisserais passer pour rien au monde.

Ajax King était l'ennemi juré de mon père : je ne pouvais pas trouver meilleur allié ! Il m'avait observée toute la soirée – bien sûr, je m'en étais rendu compte, je n'avais rien d'autre à faire –, mais maintenant je savais pourquoi.

Je n'aurais pas pu rêver plan plus parfait.

À cet instant précis, on tapa à la porte et je me figeai, la peur formant comme un iceberg dans ma poitrine.

— Mademoiselle White ? demanda une voix masculine. Vous êtes là ?

Zut… C'était Colin, l'un de mes gorilles !

Je pivotai vers Ajax King. Il me fixait sous la visière de sa casquette, impassible. Ses traits rudes étaient autoritaires et durs. Des pommettes hautes, des yeux incroyablement bleus… Il n'était pas beau au sens classique du terme, mais *très* viril. Et il avait une façon de me regarder…

J'avais une sensation bizarre. Un fourmillement sur ma peau, comme de l'électricité. C'était inattendu, étrange, et totalement hors sujet. L'instant était critique. Pourquoi ne bougeait-il pas ?

Avait-il changé d'avis ? Allait-il me livrer à eux ?

Je déglutis, la bouche sèche, et lui lançai un regard suppliant. *S'il vous plaît, aidez-moi ! S'il vous plaît, s'il vous plaît…*

— Mademoiselle White ? interrogea de nouveau Colin, d'une voix plus impérieuse.

Ajax jeta un coup œil à la porte, puis m'attira à lui, si près que je me retrouvai à quelques centimètres seulement de son corps massif et musclé. Il inclina le visage et approcha sa bouche de mon oreille.

— Obéis-moi et je te ferai sortir d'ici, murmura-t-il.

Je cillai. Ma vision se heurtait au mur blanc de sa chemise. Je n'avais pas été aussi près d'un homme depuis très longtemps. Il était même possible que je n'aie *jamais* été aussi près d'un homme.

C'était une sensation étrange. Il était chaud et il sentait bon. Une odeur épicée, boisée qui, pour une raison inconnue, fit fondre l'iceberg dans ma poitrine et apaisa ma panique.

— Laisse-toi faire et ne dis pas un mot.

Son souffle sur ma joue fit courir un petit frisson le long de ma nuque et le fourmillement électrique s'intensifia.

J'obtempérai. En une seconde, sa veste de smoking quitta ses épaules pour venir sur les miennes.

Oubliant presque que je n'étais pas censée parler, j'ouvris la bouche pour lui demander ce qu'il faisait. Avant que j'aie eu le temps de proférer un son, sa casquette atterrit sur ma tête. Puis avec une aisance surprenante chez un homme, il rassembla mes cheveux pour les cacher dessous.

Je cillai et relevai la tête pour le regarder.

Ses yeux étaient encore plus incroyables vus de près. Frangées d'épais cils noirs, ses pupilles formaient un anneau marine qui s'éclaircissait en approchant de l'iris et prenait la couleur exacte d'un ciel d'hiver sans nuage. Leur éclat était avivé par des sourcils très noirs. C'était spectaculaire et fascinant.

Mon cœur se mit à battre très fort.

Je ne savais pas grand-chose de lui, seulement que mon père le détestait du fait de sa rivalité avec Augustus King. Depuis que ce dernier était en prison et que la voie était libre, mon père rêvait de s'emparer des vestiges de son empire. Il avait toujours été un opportuniste.

Apparemment, Ajax King n'était pas d'accord avec ce scénario.

C'était peut-être pour cette raison que je n'avais pas crié en le découvrant dans le miroir. Et que je l'avais cru quand il m'avait dit qu'il ne me ferait aucun mal.

Il avait été le bras droit du roi de la pègre de Sydney, mais il ne l'était plus aujourd'hui, et les ennemis de mon père étaient mes amis.

Bien sûr, je n'avais pas réfléchi à tout cela quand son reflet m'était apparu et, selon toute probabilité, je n'avais pas toute ma tête maintenant non plus, puisqu'un seul de ses regards avait le pouvoir de me transformer en un pantin docile.

J'allais lui demander ce qu'il comptait faire quand il me souleva dans ses bras comme un enfant qu'on porte pour aller le mettre au lit.

La tête me tourna, mon cœur devint fou et j'oubliai ma question.

C'était la première fois qu'un homme me portait ainsi. Je ne me souvenais même pas qu'on m'ait jamais enlacée. Sans réfléchir, j'entourai son cou de mes bras

Une chaleur merveilleuse m'enveloppa. Elle irradiait de ce corps massif, immense, pressé contre le mien. C'était comme si j'avais enfilé une armure d'invincibilité. Il ne pouvait rien m'arriver entre ces bras solides. Tout ce qui bouillonnait en moi s'apaisa et un calme extraordinaire m'envahit.

Je retins mon souffle.

— Cache ton visage dans mon cou, murmura-t-il en avançant vers la porte.

Mon cerveau était en roue libre. Cacher mon visage ? Mais pourquoi ? Il n'allait quand même pas sortir des toilettes alors que…

Il y eut un grand bruit quand il ouvrit la porte d'un coup de pied et j'aperçus brièvement Colin et l'autre garde du corps – un nouveau dont je ne me rappelais jamais le prénom. D'un réflexe, je tournai la tête et enfouis le visage dans le col de la chemise d'Ajax, comme il m'avait dit de le faire.

Le tissu était imprégné de sa chaleur et son eau de toilette envahit mes sens. Santal, peut-être, et… cèdre ? J'avais appris à identifier les parfums à une époque et à les mémoriser. En tout cas, c'était un délice. J'inhalais profondément, laissant son odeur m'enivrer.

— Quoi ? lança sèchement Ajax de sa voix grave qui vibra contre ma joue. Vous ne voyez pas que vous m'empêchez de passer ?

Silence.

J'aurais dû m'intéresser à ce qui se déroulait,

mais le contact de ce corps masculin accaparait toute mon attention.

Sa chaleur traversait la stupide robe de cocktail blanche, que mon père avait absolument voulu que je porte ce soir, et je sentais la dureté de ses muscles contre moi. Comme s'il était sculpté dans la pierre, et non pas fait de chair et de sang.

Le petit démon turbulent en moi s'était roulé en boule et se tenait sage, comme s'il s'imaginait qu'Ajax King me protégerait quoi qu'il arrive.

— Nous cherchons Mlle Imogen White, fit la voix de Colin. Elle est allée aux toilettes et…

— Je ne connais pas cette personne et je m'en fiche, rétorqua Ajax en s'engageant dans le couloir. Vous pouvez fouiller cet endroit si ça vous chante, mais il n'y a personne.

— Pourtant, elle est venue ici et…

— Au cas où vous ne l'auriez pas remarqué, je suis occupé !

Ajax marchait toujours, ce qui signifiait que les gardes du corps ne m'avaient pas reconnue. La veste et la casquette prenaient tout leur sens : elles servaient à dissimuler mon identité.

Ce n'était pas le moment de bouger, mais la curiosité fut la plus forte et j'esquissai un mouvement pour tourner la tête.

— Reste tranquille, gronda-t-il tout bas. Nous ne sommes pas encore sortis de l'hôtel.

J'obéis et fermai les yeux, respirant sa chaleur, son odeur épicée et le subtil parfum de lessive de sa chemise. Son cœur battait à coups réguliers contre mon oreille. Paisible, fort.

Comme lui.

D'où me venait cette certitude ? Je ne connaissais pas cet homme il y avait encore dix minutes. J'étais peut-être ivre. De lui et de son odeur magique.

Du reste, cela n'avait aucune importance. J'aurais suivi Jack l'Éventreur en personne s'il avait eu le pouvoir de me faire sortir de l'hôtel sans qu'on me voie.

Un flot d'adrénaline se déversa dans mes veines à la pensée d'être bientôt libre et, s'il ne m'avait pas tenue aussi solidement, j'aurais gigoté d'allégresse.

En règle générale, j'avais du mal à rester immobile. Mais c'était pire quand j'étais surexcitée ou en proie à la colère ou à la tristesse.

« Un moulin à paroles monté sur ressort », se plaignaient mes gouvernantes.

« Un désastre », grondait mon père en me dévisageant avec ce regard dur qui me faisait si mal, enfant, quand j'étais avide de son affection.

Ma mère était morte à ma naissance et, si elle avait vécu, ma vie aurait sûrement été différente. Mon père aurait été différent. Hélas, le destin en avait décidé autrement.

Mon père ne supportait ni mon insatiable curiosité ni mon besoin de bouger sans cesse. J'avais vraiment essayé de lutter contre toutes ces petites manies qui l'exaspéraient, comme balancer les jambes, fredonner, poser mille questions, mais c'était une bataille épuisante, et perdue d'avance.

Je ne me sentais pas épuisée en cet instant, cependant. En fait, j'aurais pu rester toute la nuit dans les bras d'Ajax King sans remuer un cil.

Je frottai distraitement ma joue contre le coton de sa chemise et il laissa échapper un soupir agacé.

— Pour l'amour du ciel, tiens-toi tranquille. Tu vas faire tomber la casquette et on va te reconnaître.

Je cessai de bouger.

— Ils pensent que je suis qui, pour l'instant ?

— Une fille que j'ai séduite et que j'emmène dans ma garçonnière.

Cette réponse fit dévaler un frisson voluptueux le long de mon échine.

— Vous draguez souvent des filles dans des bals caritatifs pour coucher avec elles ?

— Je t'ai autorisée à parler ?

— Non, mais je voudrais quand même savoir si…

— Silence !

Il y avait dans sa voix une autorité qui me calma instantanément. Non que j'aie besoin de calme en cet instant. J'étais si détendue que j'étais à la limite de la catatonie, envoûtée par sa chaleur et la sensation inédite d'être dans des bras solides et doux à la fois. Comme si j'étais un trésor qu'il refusait de lâcher.

J'entendis un groupe d'invités passer à côté de nous en parlant fort, puis l'air de la nuit caressa mes jambes nues et l'éclat froid des néons et des réverbères illumina le blanc de la chemise d'Ajax.

Nous devions être dans la rue.

Il descendit des marches et j'entendis le bruit de la circulation.

Le regret m'envahit. Maintenant que nous étions dehors, il allait me reposer au sol et je perdrais sa chaleur et ce merveilleux sentiment de paix.

Je ne voulais pas que cela s'arrête. Je voulais rester dans ses bras, contre son torse, et continuer à écouter les battements réguliers de son cœur.

J'entendis le bruit d'une portière qu'on ouvre, puis l'étau de ses bras se desserra et il me déposa sur une banquette. J'étais à l'arrière d'un van.

— Démarre, lança-t-il au chauffeur un instant plus tard.

La portière claqua. Il attacha ma ceinture de sécurité tandis que la fourgonnette démarrait dans un crissement de pneus.

Il s'assit et attacha tranquillement sa propre ceinture.

La chaleur qui m'avait anesthésiée, m'enveloppant d'un sentiment trompeur de sécurité, se dissipa alors, me laissant glacée et inquiète.

— On a réussi ?

Je jetai des coups d'œil inquiets par la vitre, le cœur battant, persuadée que mes gardes du corps allaient surgir d'une seconde à l'autre.

— S'il vous plaît, dites-moi qu'ils ne vont pas nous rattraper.

— Oh ! Ils essaieront, répondit-il avec un sourire. Mais de là à réussir, c'est une autre affaire !

Je m'aperçus qu'il me regardait, une lueur de satisfaction au fond de ses yeux bleu acier.

Je cessai de respirer.

Il était assis dans une pose à la fois arrogante et décontractée, ses longues jambes étendues devant lui comme s'il était naturel pour lui de prendre toute la place. Comme s'il estimait que c'était à moi de reculer si cela ne me plaisait pas.

Il avait l'air d'un roi siégeant sur son trône et il me regardait comme si j'étais un nouveau pays qu'il venait de conquérir.

Malgré la chaleur dont son corps m'avait imprégnée, un frisson me parcourut.

Je réalisai brusquement ce qui venait de se passer et ce que cela signifiait.

Je m'étais évadée de la prison de mon père, mais je n'étais pas libre. J'avais été kidnappée par le plus redoutable milliardaire de Sydney.

Et je n'avais aucune idée de ce qu'il comptait faire de moi !

3

Ajax

Je vis l'instant où elle prit conscience du piège dans lequel elle s'était jetée la tête la première. Et, pour la première fois, une lueur d'inquiétude apparut dans ses yeux.

J'aurais préféré de la peur, mais je m'en contenterais. Il était temps !

Quand je l'avais portée, elle s'était blottie dans mes bras, chaude, douce, confiante, comme si j'étais un héros venu spécialement pour la sauver. Mais elle s'était trompée : en fait, je n'étais le héros de personne.

Surtout en ce moment, alors que je n'arrivais à penser à rien d'autre qu'à sa bouche désirable et à ce petit grain de beauté irrésistible au-dessus de sa lèvre. Je mourais d'envie de l'embrasser, de le lécher. Et je voulais mordre sa bouche, l'explorer, la rendre encore plus rouge et gonflée qu'elle ne l'était au naturel.

Bien sûr, il n'en était pas question. Mlle White était incroyablement tentante et c'était une surprise pour moi, mais j'avais un plan et je n'en dévierais pas d'une virgule. Pas alors que sa virginité en était l'élément-clé.

Elle me dévisagea et je sentis de façon tangible l'incroyable énergie qui bourdonnait tout autour d'elle.

Elle avait raison d'être inquiète. J'étais dangereux, mauvais.

Tout le monde me craignait, tout le monde baissait les yeux devant moi. J'étais le mal incarné et je cultivais cette image parce que, s'il y avait une chose que mon père m'avait apprise, c'était que la peur imposait le respect, bien plus que la bonté.

Il fallait que les gens aient peur de moi si je ne voulais pas qu'un autre Augustus King surgisse pour prendre le contrôle de cette ville. Seule la crainte de ce que je pourrais faire à tout prétendant au trône laissé vacant par mon père tiendrait les plus déterminés à distance.

— C'est comme une partie de cache-cache, dit soudain Imogen en agrippant sa ceinture de sécurité de ses doigts délicats.

Puis elle eut le toupet de sourire – un sourire un peu hésitant, certes, mais un sourire quand même, parfaitement incongru compte tenu de la situation.

— Je peux savoir où vous m'emmenez ? Et ce que vous attendez de moi ? Mon père ne va pas être content, je vous préviens, parce que…

Je posai un doigt sur le velours rose de sa bouche, la réduisant au silence, simplement parce que j'en avais le pouvoir.

Elle cilla.

Elle était ridiculement adorable, noyée dans ma veste de smoking trop grande, la casquette enfoncée sur ses cheveux pâles, ses grands yeux verts levés vers moi.

Je sentais encore l'empreinte de son corps contre le mien, sa chaleur. Elle s'était serrée contre moi avec une confiance sidérante et, en même temps, j'avais perçu une énergie en elle, une vibration subtile qui s'était glissée sous ma peau comme un bourdonnement. Je la sentais encore.

Elle n'était peut-être pas la petite fleur fragile que l'on voyait au premier regard. Quand elle m'avait pris la main pour me tirer vers la sortie, sa force m'avait surpris. Et même maintenant, alors que je venais de la kidnapper et qu'elle ne savait pas où je l'emmenais, je lisais de la détermination dans son visage inquiet.

La curiosité s'alluma en moi, attisant la petite flamme du désir. Je réprimai tout cela sans états d'âme. Cette gamine était une arme, un moyen de parvenir à mes fins, rien de plus. Et je ne pouvais pas me permettre la moindre distraction.

— Nous allons chez moi.

Je laissai mon doigt sur ses lèvres une fraction de seconde de plus que nécessaire. Uniquement pour lui indiquer que je voulais parler business. Rien à voir avec leur exquise douceur…

— Et je t'y garderai prisonnière pendant quelque temps.

Les coins de sa bouche se relevèrent et elle me décocha un sourire radieux. Envolée, l'inquiétude dans son regard !

Quelque chose m'échappait. J'étais l'ennemi mortel de son père. Elle n'ignorait pas qui j'étais – ce que j'étais. Elle aurait dû trembler au lieu de me sourire comme si j'étais son meilleur ami !

— Oh ! merci !

Ses lèvres remuèrent tout contre mon doigt et la chaleur de son souffle me coupa le mien.

— J'espérais que vous diriez ça ! Vous habitez où ?

Merci ? Comment ça, « merci » ?

Je retirai mon doigt comme sous l'effet d'une brûlure. Pourquoi avais-je soudain du mal à respirer ?

— Tu n'as pas à le savoir pour le mo…

— C'est quel genre de maison ? Il y a une piscine ? Elle est près de la mer ?

— Ce n'est pas…

— Je pourrai être à l'extérieur ? Il y a une jolie vue ?

— Tu ne crois tout de même pas…

— Je vais rester combien de temps ? Vous serez là ?

Ses yeux brillaient d'excitation et ses joues pâles s'étaient colorées. Le câble électrique était déchaîné et jetait des étincelles partout.

On aurait pu croire que je venais de lui proposer les vacances du siècle, alors que je m'apprêtais à la garder en otage jusqu'à ce que son père quitte la ville !

Je perdis patience.

— Recommence à m'interrompre et ça va très mal se terminer !

Elle ferma docilement la bouche, mais ses yeux continuèrent à briller joyeusement.

— Je suis désolée. C'est plus fort que moi : quand je suis nerveuse, je parle.

Elle croisa mon regard exaspéré et précisa :

— Non, mais là, je ne vous ai pas interrompu.

— C'est un enlèvement. Tu comprends ce que cela signifie ?

Elle se mit à rire.

— Bien sûr. Et alors ?

Elle riait. Elle avait été kidnappée et elle riait ! Pire encore, ce rire joyeux, un peu rauque, réveillait quelque chose tout au fond de moi. Quelque chose qui était pourtant mort depuis longtemps.

Je serrai les dents.

— Tu devrais avoir peur de moi, tu sais, gamine.

Une expression décontenancée passa sur son visage, comme si cette idée ne lui avait jamais effleuré l'esprit.

— Ah bon ? Je veux dire, je ne savais pas trop à quoi m'en tenir il y a un moment, mais…

Elle fronça les sourcils.

— Vous voulez que j'aie peur ?

Le désir qui avait pris naissance au fond de moi s'enflamma comme une torche.

Zut ! Je ne voulais rien ressentir pour elle. Il n'en sortirait rien de bon, seulement des ennuis, et je ne pouvais pas me laisser distraire. Ni maintenant ni jamais. Je poursuivais un objectif et rien ne devait se dresser entre lui et moi.

Pas même la petite dynamo à visage humain assise sur la banquette à côté de moi.

Je lui lançai un regard noir.

— On ne t'a jamais dit que tu posais trop de questions ?

Le rose de ses pommettes s'accentua.

— Euh… Si.

— Écoute, petite : tu sais qui je suis. Tu as dû entendre ce que l'on dit de moi. Ces rumeurs sont toutes vraies, d'accord ? Alors oui, tu devrais avoir peur. Parce que tu n'as aucune idée de ce que je vais te faire quand tu seras chez moi.

— Qu'est-ce que vous allez me faire ?

Si j'avais voulu la terroriser par ces paroles, j'en étais pour mes frais : elle ne semblait pas inquiète du tout.

Dieu ! Si quelqu'un avait besoin d'un cours accéléré sur le kidnapping et ses conséquences, c'était elle.

Je me penchai vers elle, la dominant de toute ma hauteur pour l'impressionner.

— Je vais te déshonorer, gamine. Voilà ce que je vais te faire.

Du moins, si son père n'agissait pas comme je le souhaitais.

Imogen plissa le front, comme si je venais de lui présenter un puzzle fascinant et complexe.

— Me déshonorer ? Comment ?

C'était ridicule. Je n'allais quand même pas devoir lui expliquer, si ?

— Comme ça.

Je caressai sa lèvre inférieure avec mon pouce. Sa bouche était chaude et douce et la boule dans mon ventre s'embrasa comme un feu d'artifice.

Grossière erreur. Tu n'aurais pas dû la toucher.

Je ne commettais jamais d'erreurs et je n'étais

pas un adolescent de quinze ans qui touche une fille pour la première fois. Je pouvais me contrôler, que diable ! Elle avait une jolie bouche, d'accord. Et alors ? Il y avait des tas de jolies bouches à Sydney. Si j'en avais tellement envie, je n'aurais qu'à aller en chercher une. Plus tard.

Elle écarquilla les yeux.

— Ah…

Le petit mot caressa délicieusement mon doigt.

— C'est sexuel, alors.

Enfin, elle avait compris. Pas trop tôt.

Mais elle n'avait pas l'air effrayée pour autant. Méfiante, oui, mais il n'y avait toujours pas le moindre signe d'effroi sur ses traits.

Bon sang, que fallait-il que je fasse ? Que je dégaine un flingue ? Un couteau ? Une bombe ?

— Ça marche encore, ce truc-là ? demanda-t-elle, les yeux brillants de curiosité. Je veux dire, ça fait très dix-neuvième siècle, non ? La virginité d'une femme est très dépréciée de nos jours.

— C'est tout ce que tu trouves à dire ?

J'éloignai mon doigt de sa bouche, ignorant le picotement qui continuait à chauffer ma peau.

— Il faut bien que je me renseigne, dit-elle en fronçant les sourcils. Si vous devez me déshonorer, j'aimerais savoir comment vous allez vous y prendre. Je suis concernée, ça m'intéresse.

— Je vais te déflorer, c'est tout, grondai-je, ma patience à bout, dans l'espoir que ça la rende muette.

— Cette partie-là, j'avais compris.

Elle haussa les épaules.

— Ce que j'aimerais comprendre, c'est en quoi cela va me déshonorer.

Soit elle était complètement innocente, soit elle se fichait de moi.

Je commençais à suspecter que la deuxième hypothèse était la bonne et, si c'était le cas, elle allait le regretter.

— Tu es vierge et…

— Hé, comment le savez-vous ?

— Interromps-moi encore une fois et je te ramène à tes gardes du corps !

Elle serra instantanément les lèvres. Intéressant. Elle ne voulait vraiment pas retourner chez son père. J'en pris note pour plus tard.

— Je disais donc : tu es vierge et ton père a veillé jalousement à ce que tu le restes. Tu penses peut-être que ce n'est pas important, mais pour lui, ça l'est sacrément, parce que, pour conclure des alliances avec des familles, il va se servir de toi et de ton hymen intact. Mais toute sa stratégie est désormais tombée à l'eau, puisque sa fille vierge est tombée entre les mains de son ennemi juré. Tu peux me croire sur parole. La façon dont je vais te déshonorer te marquera à jamais. Tu m'appartiendras et tu ne seras plus d'aucune utilité pour qui que ce soit, y compris pour ton père.

Une lueur traversa son regard et disparut avant que j'aie eu le temps de l'identifier. Ce n'était pas de la peur, mais une émotion plus subtile.

Cette petite semblait spontanée et naïve, mais peut-être était-elle plus complexe qu'il n'y paraissait.

La curiosité que je pensais avoir domptée revint

à la charge. J'avais terriblement envie de savoir ce qui se cachait derrière ce ravissant visage !

Mais non ! Ce que je désirais n'entrait pas en ligne de compte. Ni maintenant ni jamais.

Imogen prit une douce inspiration et le tissu de son bustier blanc se plaqua sur ses seins, révélant deux petits tétons tendus, absolument magnifiques. La jupe étroite moulait également ses hanches douces et soulignait ses cuisses rondes.

Jolie. Très jolie. Pas du tout mon genre – j'aimais les expertes en amour, pas les petits chatons vulnérables. Mais elle était toute douce, appétissante et très sensuelle. Comment se comporterait-elle au lit ?

Comme un putain de feu d'artifice…

Le désir me tordit le ventre et mon sexe réagit.

— Je ne suis pas sûre de comprendre, dit-elle en fronçant les sourcils. Je suis une menace ou un otage pour vous ?

— Les deux.

J'ignorai la boule de feu qui pulsait entre mes jambes.

— Je veux que ton père quitte Sydney. Une fois qu'il sera parti, je te libérerai.

Elle baissa la tête. Une mèche de cheveux clairs s'échappa de la casquette et vint caresser son épaule. On aurait dit de la soie liquide dans les lumières changeantes qui filtraient à travers les vitres.

Quelle sensation aurais-je si j'enroulais cette mèche autour de mon doigt ?

Aucune. Parce que je n'allais pas bouger.

— Ça ne m'éclaire toujours pas sur cette histoire

de déshonneur. Vous n'avez pas dit comment vous vous y prendriez.

— Tu veux quoi, au juste ? lançai-je brutalement. Un cours de baise ?

Un défi scintilla dans ses yeux verts.

— Je veux bien. Je suis très ignare, mais je ne demande qu'à apprendre.

Le feu que j'essayais d'ignorer était en train de prendre des dimensions cataclysmiques. Nom de Dieu, elle flirtait ? Elle jouait les allumeuses *avec moi* ? Cette petite folle ne savait pas à qui elle avait affaire.

Ce n'était pas un rendez-vous galant et je n'étais pas un gamin timide qui rêvait de lui prendre la main en contemplant les étoiles. J'étais le fils aîné d'un des pires criminels que Sydney ait jamais connu. J'avais fait des choses qui lui auraient fait perdre ce sourire de sirène si elle en avait su ne serait-ce que le dixième. Oui, si elle savait, elle me regarderait comme le diable en personne.

Le moment était peut-être venu de lui montrer que ce n'était pas une amusante escapade nocturne et que je n'étais pas un gros chat domestique qu'elle pouvait caresser pour le faire ronronner. J'étais un loup et j'allais dévorer ce petit chaperon rouge tout cru !

— Tu veux vraiment savoir ?

Je me penchai vers elle, empiétant volontairement sur sa zone de confort, et m'amusai de la voir reculer contre la vitre pour maintenir la distance entre nous.

— Tu en es sûre ?

Elle écarquilla les yeux et sa bouche pulpeuse s'entrouvrit. L'espace d'une seconde, je crus y voir passer de la peur mais ce fut très fugitif. Quelque chose d'autre étincela dans l'eau verte de son regard.

De l'excitation.

Merde !

— Tout à faire sûre, dit-elle d'une voix rauque. Dites-le-moi, Ajax. Dites-moi comment vous allez me déshonorer.

4

Imogen

Son visage était à quelques centimètres du mien. Ses épaules larges remplissaient tout l'espace et masquaient les lumières de la rue. Son torse se dressait devant moi comme un mur de muscles infranchissable.

Et ses yeux ! D'un bleu électrique avivé par son teint hâlé. Il était fascinant. Attirant. Il faisait bégayer les battements de mon cœur sans que je comprenne pourquoi.

Je pensais à ses mots, « *je vais te déshonorer* », et à rien d'autre.

Je n'étais allée ni au collège ni au lycée. Des professeurs venaient me donner des cours à domicile. Je n'étais donc jamais sortie avec un garçon et n'avais jamais vécu d'amour d'ado. Sauf une fois, avec un lycéen aperçu à travers la vitre teintée de la voiture blindée de mon père, un jour où j'étais sortie faire du shopping avec mes gardes du corps. J'avais fantasmé sur lui pendant au moins une semaine, et puis je l'avais oublié. Mon intérêt s'était émoussé, comme d'habitude.

Si j'avais eu des amies de mon âge, j'aurais parlé garçons avec elles, je leur aurais révélé le vide de ma vie sentimentale. Mais je n'avais pas d'amies de mon âge.

En revanche, j'éprouvais une insatiable curiosité pour tous les sujets, et en particulier ceux qui m'étaient interdits.

Comme le sexe.

J'avais appris très vite à contourner les barrières parentales sur Internet pour visionner des films X. Je voulais avoir une idée de ce qui se passait quand une femme couchait avec un homme.

J'avais vu. Mais ce que je n'avais pas compris, c'était qu'il y avait une grande différence entre regarder des scènes de sexe sur un écran et avoir un homme en chair et en os face à soi. Surtout quand cet homme vous regardait avec une telle intensité que tout en vous se liquéfiait.

Comme Ajax King en cet instant.

— Et… Et a… alors, bafouillai-je, comment ça va se passer ? Je dois retirer ma robe ? Vous allez me toucher ou…

— Je n'ai pas besoin de te toucher pour te déshonorer, gamine, dit-il de cette voix sombre et profonde qui résonnait au plus profond de moi.

Mon cœur manqua deux battements successifs. La température venait de monter d'au moins dix degrés.

— Je ne suis pas sûre d'apprécier que vous m'appeliez « gamine ».

Je ne savais même pas pourquoi je discutais. C'était stupide dans ma situation, d'autant que ça l'énervait de constater que je n'avais pas peur de lui, je le voyais bien.

Mais je n'y pouvais rien. Il avait cru que mon enlèvement et ses menaces me terrifieraient. Il n'avait pas compris que je ne vivais pas cette soirée comme un kidnapping, mais comme une opération de sauvetage.

Oui, il me libérait.

Quant à me déshonorer ? J'étais sûre qu'il ne me ferait pas de mal. Il m'avait portée avec une telle douceur, tout contre sa poitrine, comme si j'étais un objet précieux !

Il me fusillait du regard maintenant, furieux que j'argumente. J'étais sans doute folle, mais j'aimais cette force sombre en lui, cette ardeur maîtrisée. Cela me grisait de savoir que j'avais le pouvoir de le faire réagir, moi, la petite vierge surprotégée incapable de tenir en place. La potiche qui devait servir de pion.

Tu es le pion d'Ajax maintenant…

Oui, mais d'une certaine façon, c'était différent. D'abord, cet homme était un total inconnu. Contrairement à mon père, il n'était pas censé m'aimer et je n'étais pas censée l'aimer en retour. Je pouvais lui envoyer ses quatre vérités à la figure sans me soucier des conséquences.

— Je me fiche que ça te plaise ou non, rétorqua-t-il. Tu es ma prisonnière et je t'appelle comme je veux !

Il marqua un temps, le regard fixé sur moi. On

aurait dit qu'il cherchait à percer tous mes secrets, tous mes désirs inavoués.

— Et en plus, tu mens. Ça te plaît beaucoup.

Je sentis mon visage s'enflammer. Il avait raison. On ne m'avait jamais donné de petit nom affectueux. Pour tout le monde, j'étais seulement Imogen. Et ce « *gamine* » me donnait l'impression d'être de nouveau dans ses bras, en sécurité.

À court de réponse, je fronçai les sourcils.

Il sourit avec satisfaction comme s'il venait de marquer un point.

— Bien sûr que tu aimes ça. Mais ce n'est pas ce dont tu parlais, exact ?

— Non. Vous... Vous deviez m'expliquer comment vous comptiez me déshonorer sans me toucher. Je ne sais pas comment ces choses-là se passent, mais cela me paraît assez difficile de...

Il se pencha plus près encore et la fin de ma phrase resta bloquée au fond de ma gorge.

La vitre était froide contre ma nuque et la poignée de la portière s'enfonçait douloureusement dans mon dos. Et pourtant, ces sensations me parvenaient de très loin, comme si j'étais détachée de tout ce qui m'entourait. Anesthésiée.

Je ne voyais qu'Ajax et son regard m'électrisait.

— C'est très simple.

Ses mots caressaient mon visage comme de la fourrure noire.

— D'abord, je t'obligerai à relever ta robe et à écarter les jambes.

Sa voix devint plus sourde, plus âpre.

— Ensuite, je t'ordonnerai de glisser tes doigts

dans la fente de ton sexe et de te caresser. Tu feras tout ce que je dis et tu auras interdiction d'arrêter avant d'avoir joui. Violemment. Et moi, je te regarderai du début à la fin.

J'avais cessé de respirer et mon cœur battait à tout rompre. Impossible de le quitter des yeux. Mes joues devaient être écarlates et je ressentais une palpitation douloureuse entre mes cuisses.

Toutes ces choses étaient choquantes, indécentes, mais… elles m'excitaient et je… je mourais d'envie de les faire !

Sauf qu'il ne les avait pas dites pour m'exciter. Mais pour m'effrayer.

Malheureusement pour lui, la peur était très éloignée de ce que je ressentais en cet instant.

Dans un éclair, je compris qu'Ajax King était le dernier homme que mon père aurait choisi pour moi. C'était la raison de ma présence à ce stupide bal, d'ailleurs. J'étais censée appâter un homme dont mon père aurait pu se faire un allié pour conquérir la ville. J'étais le petit ver accroché à l'hameçon trempé dans le miel qu'il avait lancé à l'eau pour attirer le poisson.

Ajax croyait m'apprendre quelque chose en m'annonçant que mon père m'utilisait ? Je le savais depuis longtemps. Je l'avais compris après ce qui était arrivé à Cam. J'étais un trophée.

La Princesse intouchable, le hochet dont il se servait pour aiguiser les rivalités, en promettant de m'offrir au vainqueur.

C'était comme ces mariages arrangés du Moyen

Âge. Je n'avais pas mon mot à dire et mes sentiments n'entraient pas en ligne de compte.

Mon père se moquait complètement que je sois d'accord ou non. La seule chose qui comptait à ses yeux, c'était cette dette que j'avais contractée en venant au monde.

Une dette que j'étais forcée d'honorer, même si ce n'était pas ma faute si maman était morte.

Mais aujourd'hui, enfin, j'avais la possibilité de choisir mon destin.

Je pouvais tenter de m'enfuir, ou accepter d'être déshonorée par Ajax King. Le pire ennemi de mon père.

Il serait fou de rage.

Et ce serait magnifique !

— D'accord, acquiesçai-je. Vous voulez maintenant ? Ou vous préférez attendre qu'on arrive chez vous ?

Il cilla.

— On dirait que tu n'as pas entendu ce que j'ai dit !

— Mais si !

— Et tu as compris ce que je voulais que tu fasses ?

— Bien sûr ! Je ne suis pas stupide.

J'avalai ma salive, la gorge sèche. J'avais trop envie de le toucher. De sentir son torse dur et chaud sous mes mains, de palper ses muscles si attirants…

Dans mon ordinateur, j'avais tout un fichier de photos de garçons sexy. Je piochais dedans pour rêver un peu quand je me sentais trop seule. Mais Ajax, lui, était là, bien réel, juste devant moi.

Et il me regardait comme si j'étais un OVNI.

— Ça ne t'effraie pas du tout, n'est-ce pas ?

— Non, avouai-je. Je suis désolée.

Ses sourcils noirs se froncèrent.

— Comment est-ce possible ?

— Si vous ne me plaisiez pas, bien sûr, ce serait différent, mais là…

Je m'interrompis, réalisant trop tard ce que j'étais en train de dire. Il m'attirait, mais ce n'était peut-être pas réciproque.

— Ce n'est pas grave, repris-je très vite. Vous n'êtes pas obligé de me déshonorer si je ne vous inspire pas. Vous n'avez peut-être pas du tout envie de moi et puis… et puis je n'ai aucune expérience et…

— Silence ! trancha-t-il avec cette autorité qui me rendit muette pour la deuxième fois de la soirée. Tu n'as même pas conscience de ce que tu dis. On ne joue pas à ces petits jeux avec un homme comme moi…

— À ces petits jeux ? répétai-je sans comprendre. Je vous jure que je ne joue pas, je ne sais même pas…

Il me prit le menton et posa le pouce sur mes lèvres pour m'imposer le silence, comme il l'avait déjà fait un peu plus tôt. Et, cette fois encore, j'eus la sensation que l'empreinte de son doigt s'imprimait sur mes lèvres. Comme si j'étais une serrure dont il était la clé.

— Que ce soit bien clair, dit-il. Premièrement, tu te tais quand je te le demande. Deuxièmement, je n'ai plus quinze ans : je ne fricote pas avec une fille sur la banquette arrière d'une voiture. Et troisièmement, si tu penses que je n'ai pas de désir pour toi, c'est que tu es vraiment ignare en la matière.

J'oubliai tout ce qu'il venait de dire, sauf la dernière partie.

Il avait du désir pour moi.

Ce fut plus fort que moi : j'entrouvris les lèvres pour goûter la saveur de son pouce, le sel de sa peau sous ma langue.

Et je posai la main sur son torse, si large, si dur…

Il émit un grognement dont je ressentis la vibration sous mes doigts. Il y avait des flammes dans ses yeux. Des flammes bleues.

— Qu'est-ce que tu fais ? demanda-t-il d'une voix très douce.

Je regardai mes mains sur son torse, sa chaleur me brûlait à travers sa chemise. Je n'aurais peut-être pas dû le toucher.

Zut ! Je déployais tellement d'efforts pour me contrôler et ne pas céder à mes impulsions ! Je savais pourtant ce qui se passait quand je ne réfléchissais pas aux conséquences de mes actes. J'avais vu le résultat. Et il était terrible.

Je retirai la main, rouge de honte et d'embarras.

— Je suis désolée, murmurai-je contre son pouce. Je n'ai pas calculé, je… Je voulais juste vous… vous toucher.

La pression de ses doigts sur mon menton s'accentua.

Puis, avant que j'aie eu le temps de réaliser, il inclina son visage et posa sa bouche sur la mienne.

On ne m'avait jamais embrassée et, pendant une seconde, mon cerveau cessa de fonctionner. C'était à la fois doux, léger et… torride.

Une onde électrique me parcourut, laissant un

nuage de chair de poule dans son sillage. Je voulus le toucher de nouveau, mais mes mains rencontrèrent le vide. Il s'était reculé.

Je réalisai tout à coup qu'il faisait noir parce que j'avais fermé les yeux. Je soulevai les paupières : Ajax me regardait fixement.

— Vous m'avez embrassée, dis-je stupidement. Pourquoi ?

Un sourire ironique releva les coins de sa bouche magnifique.

— Je n'ai trouvé que ce moyen pour te faire taire.

— Mais je n'étais pas…

— Et pour tester la marchandise.

Je n'arrivais pas à réfléchir. De quoi parlait-il ?

— Je ne comprends pas.

— Bien sûr.

Son sourire se fit satisfait et, d'une certaine façon, très mâle.

— Mais tu le découvriras.

— Comment ça ?

Il s'adossa à la banquette sans répondre et sortit son téléphone de sa poche pour consulter ses messages.

Il me rejetait.

Un million de questions m'assaillaient mais, pour la première fois de ma vie, je n'eus aucun mal à garder le silence. Peut-être parce que je sentais encore son baiser, l'empreinte de ses lèvres sur les miennes, leur douceur taquine, brûlante, excitante…

Je le connaissais depuis moins d'une heure ! Dieu…

Je tournai la tête vers la vitre et regardai sans

les voir les néons de la rue. Je n'arrivais même pas à me réjouir de ne plus avoir de gardes du corps autour de moi, pour la première fois de ma vie.

De ne plus être sous la coupe de mon père.

D'être moi-même. Enfin.

Non, la seule chose qui monopolisait mes pensées, c'était Ajax King et son baiser.

Et, pour la deuxième fois de la soirée, je me demandai si je n'avais pas perdu la tête.

5

Ajax

Je contemplai la vue, assis sur la vaste terrasse en pierre dominant la mer. Le soleil me caressait le visage, j'entendais les vagues s'écraser sur les rochers, en contrebas de la maison où je m'étais installé quand mon père avait été incarcéré.

La veille au soir, j'avais montré sa chambre à Imogen et elle s'y était retirée sans poser la moindre question.

Satisfait de la savoir en sécurité pour la nuit, j'avais envoyé un texto à mes frères pour les informer que je serais absent toute une semaine, et injoignable. Ils devraient gérer les urgences s'il y en avait.

Par chance, ils avaient trouvé l'un et l'autre le bonheur et la stabilité auprès de deux jeunes femmes adorables qui les rendaient heureux. Il était grand temps que quelqu'un veille sur eux à ma place.

D'autant que ma prisonnière ne s'annonçait pas comme une invitée de tout repos.

Imogen White était très différente de ce que j'avais imaginé.

Pure et virginale, oui. Mais je n'avais pas prévu son énergie vibrante, ni ce flot de questions qui jaillissait constamment de ses lèvres comme une source d'eau fraîche.

Espérons que cela ne devienne pas un problème.

Pour l'instant, ma priorité était de contacter White, de l'informer que je tenais sa fille en otage et de lui délivrer mon ultimatum.

Je sortis mon téléphone de ma poche, appuyai sur une touche préenregistrée et écoutai la sonnerie résonner.

— C'est qui ? grogna l'un des sbires de White.

— Ajax King, répondis-je. Dites à votre patron que j'ai enlevé sa fille. S'il veut la revoir, qu'il m'appelle à ce numéro.

Je coupai la communication sans attendre de réponse et posai le téléphone sur la table. Il se mit à sonner presque instantanément, mais je l'ignorai.

White pouvait bien mariner une heure ou deux.

Je jetai un coup d'œil à ma montre.

Neuf heures trente.

Incroyable. Quand diable Imogen allait-elle se décider à se réveiller ?

Une femme kidnappée n'était pas censée faire la grasse matinée alors que son ravisseur ne lui avait même pas indiqué les conditions de sa captivité.

Mon plan se déroulait à la perfection, mais je ne pouvais m'empêcher de ressentir une pointe d'agacement.

Je n'arrivais pas à comprendre comment elle avait pu ne pas avoir peur de moi la nuit dernière dans le van. Mes menaces auraient pourtant dû la terroriser, c'était le but.

Raté sur toute la ligne ! Au lieu de l'effrayer, mes explications l'avaient excitée. Ensuite Imogen avait posé ses douces mains sur moi et…

Comme si elle n'avait pas conscience de cette incroyable alchimie entre nous !

J'aurais dû rester de marbre, mais je m'étais embrasé.

Et au lieu de garder mes distances, je l'avais embrassée. Qu'est-ce qui m'avait pris ? C'était sa façon de me regarder, comme si elle n'avait jamais rien vu d'aussi fascinant de toute sa vie. Et puis, cette idée ridicule que je n'avais pas envie d'elle…

Cesse de te chercher des excuses ! Tu avais envie de l'embrasser, c'est tout.

Depuis quand cédais-je à mes impulsions ?

Ses lèvres étaient aussi douces que je l'avais imaginé et son parfum suave m'avait remué le cœur. Une odeur de roses. La fleur préférée de ma mère.

Bon sang ! Qu'est-ce qui n'allait pas chez moi ? Ce n'était que le baiser d'une petite vierge aux yeux écarquillés, il n'y avait pas de quoi en faire tout un plat.

Sa virginité était l'unique moyen de pression dont je disposais et elle devait rester intacte.

Et moi, je devais me concentrer sur mon objectif, parce que c'était la seule chose qui comptait.

Quitte à détruire des innocents ?

S'il le fallait, oui. Il y avait de cela des années, j'avais dû feindre l'indifférence alors que mon frère Leon avait été enlevé et torturé par des ennemis de mon père. Et je n'avais pas bougé non plus quand mon plus jeune frère, Xander, avait été contraint d'agir comme une sorte de génie maléfique de la finance pour accroître l'empire d'Augustus King.

Tous deux avaient souffert par ma faute.

Mais cela avait été le prix à payer pour atteindre mon but : détruire mon père et sauver la ville de ses griffes. Pour y parvenir, j'avais dû faire mine d'approuver tous ses agissements, même les plus ignobles.

Parce que la fin justifiait les moyens.

J'avais réussi, mais l'histoire n'était pas terminée. Nous avions toujours des ennemis et je devais continuer à protéger mes frères.

C'était à moi et à moi seul d'accomplir la sale besogne.

Je terminai mon café, le regard fixé sur la mer turquoise parsemée de moutons d'écume. Quelques voiliers voguaient çà et là. C'était un panorama incroyablement apaisant, que je pouvais contempler pendant des heures quand j'étais enfant. Je m'imaginais embarquer à bord d'un de ces voiliers et partir loin, au-delà de l'horizon, échapper pour toujours à mon père et à son héritage maudit.

Ce rêve ne s'était jamais réalisé.

Malgré l'existence du petit bateau remisé dans le hangar au pied des falaises, je ne m'étais pas échappé et cela n'arriverait jamais.

Mon père croupissait maintenant en prison, mais il n'était pas le seul à avoir écopé d'une peine à perpétuité. Bah, cela n'avait plus d'importance. J'avais accepté ma condamnation depuis longtemps.

Je vérifiai de nouveau l'heure à ma montre.

Dix heures et quart.

Il était temps d'aller réveiller la Belle au bois dormant !

Je posai ma tasse sur la table basse et passai dans l'aile où logeaient autrefois ma demi-sœur et la deuxième épouse de mon père, et que j'avais transformée pour en faire le quartier des invités.

Il y avait assez de place pour loger une équipe de football mais, en ce moment, il n'y avait qu'une seule occupante.

La petite vierge que j'avais kidnappée la veille au soir.

Le plancher poli du couloir luisait dans la lumière du soleil qui s'engouffrait par les fenêtres.

Une fois parvenu à la porte de la chambre, je frappai doucement.

Pas de réponse.

Il valait mieux pour elle qu'elle n'ait pas essayé de filer. Elle n'irait pas loin, de toute façon. La propriété était une forteresse et le service de sécurité infaillible. Personne ne pouvait entrer ni sortir sans passer une série de contrôles.

J'ouvris la porte. Dans le lit qui faisait face à la baie vitrée, Imogen dormait profondément, roulée en boule comme un chaton. Le soleil éclairait ses longs cheveux clairs emmêlés. Le drap la découvrait jusqu'à la taille. Elle ne s'était pas déshabillée la veille et portait toujours sa robe de cocktail blanche.

Elle avait les mains jointes sous sa joue gauche et un demi-sourire flottait sur les lèvres que j'avais embrassées, comme si elle faisait un très joli rêve.

Comme si elle ignorait qu'elle était la prisonnière du redoutable chef des King.

Le désir monta en moi, sombre, tourmenté, et j'eus envie de venir lui arracher sa robe pour contempler sa peau de satin, d'écraser sa bouche charnue sous la mienne. De découvrir si elle serait aussi sauvage et électrique que je le soupçonnais quand je prendrais possession de son corps. Si son contact ressuscitait ces régions mortes et glacées de mon cœur…

Je n'en fis rien et me contentai de m'adosser à la porte pour la contempler tout à loisir.

La veille, elle n'avait pas caché sa joie d'être kidnappée. Et, même si j'étais contrarié qu'elle n'ait pas peur de moi, sa réaction m'apprenait une chose intéressante : cette fille préférait être mon otage plutôt que la prisonnière de son père.

Étonnant. White avait son propre syndicat du crime. Il utilisait la violence et l'extorsion pour s'assurer la loyauté de ses hommes. Avoir ce genre de monstre pour père n'avait rien d'enviable. J'en savais quelque chose. J'avais grandi auprès d'un homme comme lui.

Mais de là à préférer être *ma* prisonnière ! Je ne recourais pas à la violence, du moins plus maintenant, mais j'allais me servir d'elle exactement comme lui pour parvenir à mes fins. La seule chose qui me différenciait de White : mon but à moi était de protéger les habitants de Sydney, et non de les asservir.

Je m'approchai du lit. La belle continuait à dormir,

sans réaliser que son ravisseur se tenait au-dessus d'elle et l'observait.

Inouï ! Cette petite n'avait vraiment aucun sens du danger !

Et ça te plaît. Ça te plaît énormément…

Elle remua avec un petit soupir sensuel et s'enfonça plus profondément dans l'oreiller. Le haut de sa robe bustier était descendu, dévoilant une partie d'un sein rond.

Sans surprise, ma libido réagit instantanément. Je l'ignorai.

— Debout, gamine ! lançai-je d'une voix rauque. Je suis fatigué de t'attendre.

Elle émit un murmure confus puis battit des cils. Un éclat vert apparut quand elle ouvrit les yeux.

Je guettai un signe de peur sur son visage, mais il n'y en eut aucun. Pour elle, apparemment, me découvrir à côté de son lit n'avait rien d'effrayant. Ni même de surprenant.

Sa bouche rose et veloutée dessina même un sourire ensommeillé.

Elle est adorable…

Le désir me harcela de plus belle.

— Oh !

La syllabe glissa de ses lèvres dans un long soupir de soulagement.

— Vous êtes vraiment là. J'avais peur que vous ne soyez qu'un rêve.

— Je ne suis pas un rêve, répondis-je froidement. Je suis un cauchemar.

Elle sourit et rejeta les bras derrière la tête pour

s'étirer longuement comme un petit chat dans la lumière du soleil.

— Ce n'est pas vrai. Et je vous assure que mon rêve n'avait rien d'un cauchemar.

Le bustier de sa robe descendit encore un peu sur sa peau pâle et soyeuse. Malgré tous mes efforts, il me fut impossible de ne pas regarder. J'eus envie de tirer encore plus le tissu pour savoir de quelle couleur étaient ses mamelons, et de me pencher pour découvrir quelle saveur ils auraient sous ma langue.

— Tu en es sûre ? demandai-je en détachant enfin les yeux de l'objet de ma convoitise.

Son regard n'était pas moins troublant. Ses prunelles immenses avaient la couleur de l'herbe tendre, et je perçus son parfum – un mélange de roses et de moiteur…

Exquis…

— Totalement sûre.

Elle m'observa en cillant, sans paraître se douter que j'étais sur le fil du rasoir.

— Je peux vous le raconter si vous voulez.

— Non merci.

Je m'exprimai froidement, essayant de maîtriser le désir qui pulsait douloureusement entre mes jambes.

— Je ne suis pas venu pour ça. Il y a des choses dont nous devons discuter.

— Ah bon ?

Elle s'humecta les lèvres du bout de la langue. Ce n'était pas conscient mais l'effet sur moi n'en fut pas moins dévastateur.

— Quelles choses ?

J'aurais dû me détourner, fixer autre chose que ce bout de langue rose. Me concentrer sur sa bouche adorable. Ou sur ce petit grain de beauté au-dessus de sa lèvre. Ou sur le battement de cette veine à la base de sa gorge pâle.

Mais ce serait reconnaître que je ne contrôlais pas la situation et c'était hors de question.

Je continuai donc à la fixer.

— J'ai appelé ton père. Je lui ai dit que tu étais ma prisonnière.

Elle baissa les yeux et ses cils dorés masquèrent en partie son regard.

— D'accord…

Puis elle se redressa pour s'asseoir, tirant sur son bustier pour le remonter sur sa poitrine. Je poussai mentalement un ouf de soulagement.

— Et qu'est-ce qu'il a dit ?

— Je ne lui ai pas donné l'occasion de dire quoi que ce soit. Il m'appellera quand il aura le message.

Elle baissa la tête. Elle avait les mains crispées sur son ventre et ses cheveux blonds qui retombaient sur ses épaules étincelaient dans le soleil du matin comme de l'or fondu.

Elle se tenait immobile, comme éteinte.

— Que va-t-il se passer maintenant ?

Je fronçai les sourcils.

— Il ne va rien se passer. Tu es ma prisonnière et tu restes ici. Fin de l'histoire.

— Ce n'est pas ce que je vous demande.

Elle leva la tête.

— Je veux savoir quand vous allez me déshonorer. Vous me l'avez promis.

Une expression qui ressemblait à de la rancune dansa dans ses yeux.

— Vous m'avez menti, en fait ?

6

Imogen

J'étais déçue et, malgré tous mes efforts, je ne parvenais pas à le cacher.

La nuit dernière, quand il m'avait emmenée dans ma chambre en m'expliquant que je n'avais aucune chance de m'échapper, parce que la propriété était gardée jour et nuit par ses hommes, je pensais qu'il allait continuer ce qu'il avait commencé dans la voiture avec son baiser.

Mais non. Il avait pointé un doigt vers la salle de bains de la chambre et il était parti.

C'était une déconvenue sévère pour moi, juste au moment où je croyais pouvoir me venger de mon père. Mais je n'avais pas discuté. J'étais fatiguée et nous avions toute la journée du lendemain pour en parler.

Je m'étais donc jetée sur le lit tout habillée, j'avais fermé les yeux et j'avais coulé à pic dans le sommeil.

Je n'avais pas aussi bien dormi depuis des années, et mon rêve y était peut-être pour quelque chose.

Un rêve que l'on pouvait qualifier de coquin.

Ce n'était pas la première fois. D'habitude, mes « visiteurs nocturnes » étaient des hommes sans visage qui me caressaient, puis s'en allaient, me laissant brûlante, tourmentée et en proie à des émotions que je ne comprenais pas.

Mais pas cette fois. Dans le scénario de mon rêve, j'étais à l'arrière du van et l'homme avait des traits durs, virils et beaux, et des yeux couleur des glaciers en hiver. Il ne me quittait pas du regard pendant que je relevais ma robe et qu'il me donnait des ordres érotiques de sa voix grave, impérieuse…

Dieu, c'était torride ! Mais maintenant, j'étais réveillée et le même homme se tenait là, devant moi. J'aurais aimé qu'il mette à exécution ses menaces de la veille, mais, à en croire son visage fermé, ce n'était pas du tout au programme !

Zut. Zut et zut !

Je perdais mon unique chance de rendre à mon père la monnaie de sa pièce en choisissant moi-même l'homme qui me ferait perdre ma virginité.

Pour ne rien arranger, Ajax était terriblement séduisant en jean. Le tissu de son T-shirt blanc se tendait sur ses larges épaules, accentuant son hâle et dévoilant la musculature de ses bras. Surprise : ceux-ci étaient couverts de tatouages dont je ne parvenais pas à détacher le regard. Des lignes noires qui couraient le long de ses biceps et de ses avant-bras. Et que dire de sa bouche magnifique, si sensuelle ?

— Je ne t'ai rien promis du tout, me répondit-il froidement.

Je ne m'expliquais pas pourquoi ce revirement me blessait à ce point.

— Vous n'êtes qu'un menteur…, lâchai-je, dépitée.

Il fronça les sourcils et le bleu de ses yeux s'intensifia.

— Je ne suis pas sûr d'aimer le ton de ta voix, gamine.

J'avais tort de discuter, mais je n'avais jamais su cacher mes sentiments et la déception m'atteignait avec une violence inattendue.

— J'avais cru comprendre que vous aviez envie de moi. Ça aussi, c'était un mensonge ?

— La seule chose qui devrait t'inquiéter, c'est d'être ma prisonnière. Pas de savoir si je vais te baiser ou non.

Je relevai le menton.

— Pour un ex-roi du crime, ou qui que vous soyez, vous n'êtes pas très malin. Ça ne me dérange pas du tout d'avoir été kidnappée, au cas où vous ne vous en seriez pas rendu compte, ni d'être votre prisonnière.

— Tu as tort.

— Pourquoi ? Je voulais fuir mon père et vous m'y avez aidée.

— Je ne t'ai aidée à rien du tout.

Je secouai la tête avec dédain.

— Peu importe. Vous m'avez permis d'échapper à mon père et c'est la seule chose qui compte.

Un muscle joua sur sa mâchoire.

— Mais tu te rends compte que tu as quitté une cage pour une autre ?

— Peut-être, mais je m'en fiche ! Tout ce que je

sais, c'est que vous m'avez dit hier que vous me laisseriez repartir une fois que mon père aurait quitté Sydney.

Au moins, la cage d'Ajax ne finirait pas par me broyer.

Il me dévisagea pendant une bonne minute sans rien dire. Comme s'il cherchait sans succès à me cerner. Tant mieux. Surtout si on considérait que mon père ne m'avait jamais rien offert d'autre que du mépris.

— C'est exact. Et s'il n'obtempère pas, je te prendrai ta virginité. Tu comprends ce que cela signifie, n'est-ce pas ?

Mais pour quelle espèce de gourde me prenait-il ? J'aurais peut-être dû lui expliquer mon plan, mais s'il était grincheux maintenant, qu'est-ce que ce serait quand je lui aurais révélé que je comptais l'utiliser pour me venger de mon père !

Je lui lançai un regard exaspéré.

— Et vous, quand allez-vous comprendre que je suis volontaire ? Pourquoi pensez-vous que je n'ai pas accordé d'importance à vos prétendues menaces, la nuit dernière dans le van ?

— On voit que tu ne me connais pas, gamine. Et que tu n'as aucune idée de ce que signifie perdre sa virginité avec moi.

— D'abord, je ne suis pas stupide. Et ensuite, j'ai lu des choses sur vous. Je connais votre réputation.

Il avait l'immobilité d'un fauve aux aguets, tendu, les yeux brillants.

— Très bien. Alors dis-toi que ce que tu as lu de pire sur moi ne reflète même pas la moitié de la réalité. Je ne suis pas un homme que tu pourrais avoir envie d'avoir dans ton lit, Imogen.

Cela ne ressemblait pas à un « non ». Plutôt à un avertissement.

Mais je n'avais que faire des avertissements !

— Pourquoi ? Il paraît qu'un jour vous avez démantelé à vous seul un réseau de drogue et que vous avez brisé les genoux d'un…

— Ça suffit !

Sa voix était aussi cinglante et dure que son regard.

— Tu resteras ma prisonnière jusqu'à ce que ton père quitte Sydney. Un point, c'est tout.

Je me mordis la lèvre en essayant de cacher ma déception. En vain.

— Alors toutes ces promesses la nuit dernière, c'était du pipo ?

Un éclair de fureur passa dans ses yeux.

— Ne me pousse pas à bout !

Encore un avertissement. Que j'ignorai également.

Si je ne parvenais pas à le faire changer d'avis maintenant, il me ramènerait à mon père comme un paquet, prête à être offerte à celui qui aurait ses faveurs.

Et je n'aurais pas d'autre chance d'échapper à mon destin.

— Sinon quoi ? le défiai-je. Je sais que vous ne me ferez pas de mal…

— Tu n'en sais rien du tout !

— Si, je le sais. Vous auriez pu menacer de me tuer pour faire céder mon père. Mais vous avez utilisé ma virginité. C'est beaucoup plus amical qu'un meurtre.

Son expression changea et son regard sur moi s'intensifia.

— Pourquoi étais-tu si contente de te faire kidnapper ?

Ce changement de sujet me prit au dépourvu. Devais-je tout lui dire ? Non, probablement pas.

Ce serait avouer que ma vie avait été misérable et je n'y tenais pas. Et aussi, que j'avais été stupidement aveugle pendant trop longtemps.

Il avait fallu qu'un gentil garçon manque de perdre la vie pour que j'ouvre enfin les yeux sur l'homme qu'était mon père.

J'avais dix-huit ans quand j'avais décidé de mener une vie normale : avoir des amis, un travail, aller à l'université – tout ce que faisait une fille de mon âge. Pendant trois mois, j'avais trouvé ça génial, jusqu'à ce que j'invite un garçon qui me plaisait à venir boire un café avec moi après les cours. Quelques heures plus tard, on l'avait retrouvé à moitié mort dans une ruelle, victime d'un gang du quartier. C'était du moins ce qu'avait conclu la police.

Le lendemain, mon père m'avait convoquée dans son bureau pour m'informer que c'était lui qui avait fait donner une bonne leçon à mon petit ami et qu'à l'avenir je devrais me montrer plus prudente dans le choix de mes fréquentations. Avec un choc, j'avais réalisé jusqu'où il était capable d'aller pour m'empêcher de lui échapper.

Depuis ce jour, je n'avais plus eu qu'une idée en tête : m'enfuir. Mais l'opportunité ne s'était jamais présentée – jusqu'à ce qu'Ajax King entre dans ma vie.

— J'avais l'impression d'être dans une prison dorée et je n'en pouvais plus, éludai-je en haussant les épaules. Je cherchais depuis longtemps un moyen de m'échapper et vous êtes arrivé à point nommé.

Il me fouilla du regard et ce fut comme si le soleil baignait ma peau. En plus chaud. Beaucoup plus chaud…

— Tu n'as pas l'attitude d'une fille qui a été prisonnière pendant des années.

— Ah non ? Et je suis censée me comporter comment ?

Je changeai de position, subitement nerveuse. Je ne voulais pas évoquer la façon dont mon père avait bridé ma vie. Ni avouer que je l'avais laissé me mettre en cage parce que j'avais désespérément besoin de son approbation et que j'avais envers lui une dette énorme.

Tu ne peux plus la rembourser maintenant.

De toute façon, c'était impossible. Mais était-ce une raison pour me punir ? Pour m'empêcher de vivre ? Je voulais goûter à toutes ces choses que je n'avais jamais connues.

J'en avais le droit, non ?

— Est-ce qu'il t'a fait du mal ?

— Qui ? Mon père ?

Je me levai.

— Pas physiquement.

Émotionnellement, psychologiquement, oui. Mais je n'avais pas envie d'en parler non plus.

Je me dirigeai vers l'immense baie vitrée qui dominait la mer. C'était si beau ! La seule chose que je voyais depuis les fenêtres de la maison de mon père, dans les Montagnes Bleues, c'étaient des arbres, des carrières, et encore des arbres.

— Quelle vue magnifique ! soufflai-je en contemplant l'océan parsemé de moutons d'écume et de yachts. Je peux aller dehors ? Vous avez un bateau ?

— Non, tu ne peux pas sortir, pas encore. Et oui, j'ai un bateau.

Je sentais la pression de son regard dans mon dos, mais je ne me retournai pas.

— Vous avez de la chance. Est-ce que…

— Qu'est-ce qu'il t'a fait ?

La voix grave d'Ajax coupa la mienne comme la lame d'un couteau chaud dans du beurre glacé. Il avait de la suite dans les idées.

— Je n'ai pas envie d'en parler.

Je me retournai lentement.

— Je préférerais qu'on discute de ce que vous m'avez promis dans le van hier soir.

Il croisa les bras. Son visage était indéchiffrable, mais une lueur d'acier brillait dans ses yeux.

— Je ne vais pas coucher avec toi, Imogen. Je te l'ai déjà dit.

Les mots étaient si froids, si définitifs ! Comme si son baiser, ce petit goût de plaisir, n'avait pas compté pour lui.

Bien sûr que ça n'a pas compté pour lui ! Il vient de te le dire. La vraie question c'est : pourquoi cela a-t-il autant compté pour toi ?

N'était-ce pas évident ? Mon père m'avait dicté ma vie depuis le premier jour et, aujourd'hui, j'avais une chance de faire enfin ce que je voulais. Je ne pouvais pas la laisser passer !

— Pourquoi ? demandai-je en relevant le menton. Mon père ne le saura jamais.

— Il le saura s'il demande à un médecin de t'examiner.

Mon visage s'enflamma parce que, connaissant mon père, je savais qu'il ne s'en priverait pas.

Quelle humiliation !

— Pour l'heure, poursuivit-il brutalement, il me demandera de lui jurer sur l'honneur que je ne t'ai pas touchée.

— Et si… Si vous lui mentiez ? dis-je en essayant de ne pas paraître trop désespérée.

Apparemment, c'était la chose à ne pas dire, parce que le bleu de ses yeux se changea en glace.

— Figure-toi que la parole d'un King signifie quelque chose. Je ne vais sûrement pas me parjurer sous prétexte que tu veux à toute force perdre ta virginité !

Je cillai avec la sensation de recevoir un seau d'eau glacée au visage. Puis la honte me brûla. J'avais été Imogen à cent pour cent, hier soir. Posant un flot de questions, l'interrompant sans cesse. Le touchant sans permission puis me vexant quand il m'avait dit d'arrêter.

Je n'avais pensé qu'à moi. Je n'avais pas eu la moindre pensée pour lui.

— Je suis désolée.

Refoulant ma déception, j'essayai de retrouver un peu de dignité.

— Vous ne voulez pas coucher avec moi, j'ai compris. Je respecte votre choix.

Mais quelque chose dans ma voix devait m'avoir

trahie, parce que le muscle de sa mâchoire recommença à se contracter.

— Tu es une fille très séduisante, Imogen. Cela n'a rien à voir, tu comprends ? Mais là, je poursuis un but et aucune distraction ne m'en détournera.

Je ne m'offensai pas d'être classée dans la rubrique « distractions ». J'étais trop curieuse.

— Votre but, c'est de forcer mon père à quitter la ville ? Pourquoi ?

— À ton avis ? Ton père essaie de s'asseoir sur le trône laissé vacant par le mien et c'est hors de question. Tant qu'il y aura un souffle de vie en moi, il me trouvera sur sa route.

Le froid m'envahit. Je savais qui était mon père. Je savais que l'argent que nous possédions n'était pas le fruit d'un dur labeur. Je comprenais que la mort de ma mère avait laissé en lui un vide qu'il avait essayé tant bien que mal de combler. À une époque, j'avais cherché à le faire, moi, mais c'était avant qu'il me fasse comprendre que je ne pourrais jamais tenir ce rôle. Parce qu'il ne m'aimait pas.

Il ne voulait pas de l'enfant qui avait tué sa femme en venant au monde.

Il préférait l'argent. Le pouvoir.

Bien sûr, il rêvait d'être le nouveau Augustus King à Sydney.

À cet instant, le téléphone d'Ajax se mit à sonner.

Il le sortit de sa poche, jeta un coup d'œil à l'écran et répondit.

— King.

Le silence se fit pendant que son interlocuteur parlait.

Ajax avait les yeux rivés sur moi.

— C'est moi qui dicte les conditions, déclara-t-il enfin d'une voix glaciale. Je vous rendrai votre fille intacte si vous quittez Sydney et promettez de ne jamais y remettre les pieds. Si vous refusez, je lui prendrai sa précieuse virginité et je la ferai mienne.

Il y eut un nouveau silence, le regard brûlant d'Ajax toujours rivé sur moi.

Cela venait de moi ou la réponse qu'il venait de faire était torride ? En particulier la façon dont il avait dit « je la ferai mienne ».

Calme-toi. Tu ne le connais que depuis une douzaine d'heures à peine.

Et après ? Ce n'était pas comme si j'étais amoureuse de lui. Il s'agissait d'une simple attirance physique, rien d'autre.

— Oui, reprit Ajax. Elle va bien.

Il tendit le téléphone vers moi.

— Dis quelque chose à ton père, Imogen.

Je regardai le téléphone et toutes mes pensées volèrent en éclats, balayées par une vague de terreur.

Je n'avais aucune envie de parler à mon père. Il devait être furieux que je me sois laissé enlever. Ce serait encore ma faute. Tout était toujours ma faute.

Pourquoi continues-tu à te préoccuper de ce qu'il pense ?

Je n'en savais rien, mais c'était ainsi.

Ajax plissa les yeux et ramena le téléphone contre son oreille d'un geste brusque.

— Elle vous parlera plus tard. Réfléchissez à ce que je vous ai dit.

Et il coupa la communication.

Je m'éclaircis la gorge. Je me faisais l'effet d'une idiote. Que devait-il penser de moi ? Par chance, il ne me laissa pas le temps de dire quoi que ce soit.

— Tu peux prendre une douche si tu veux. Ma gouvernante t'a apporté des vêtements. Quand tu seras prête, tu n'auras qu'à demander qu'on te serve un petit déjeuner sur la terrasse. Tu as le droit d'aller où tu veux dans la maison, sauf au premier étage. C'est mon domaine réservé.

Il se tut et me lança un regard qui me cloua à ma place.

— Je vais m'absenter pour le reste de la journée, mais tu n'as rien à craindre. Tu es en sécurité ici. Tu comprends ?

— Oui, acquiesçai-je d'une voix rauque. Mais où…

— Plus tard. Nous parlerons plus tard.

Et avant que je puisse lui poser d'autres questions, il tourna les talons et s'en alla.

7

Ajax

Je mis à profit ces quarante-huit heures pour faire le tour de mes réseaux et recadrer certaines personnes qui avaient eu le tort de me sous-estimer. De réunion en entretien, je rappelai à tout ce petit monde que le patron c'était moi, et pas William White.

Je n'eus pas recours à des méthodes musclées – un procédé bien inutile quand menacer les gens au portefeuille était tout aussi efficace – mais je me montrai très clair : je briserais chacun des fils de pute de cette ville s'ils conservaient ne serait-ce que le nom de White dans la liste de leurs contacts. À voir leur tête, le message avait été reçu cinq sur cinq.

Entre deux déplacements, j'essayai de ne pas penser à Imogen, ce qui se révélait étrangement difficile.

Je revoyais sans cesse son visage au moment où j'avais voulu lui passer son père au téléphone. Elle avait fixé l'appareil d'un regard horrifié, comme si je tendais une vipère vers elle, et mon instinct protecteur s'était immédiatement réveillé.

Elle m'avait dit que son père ne lui avait jamais fait de mal et pourtant, elle ne voulait pas lui parler. En fait, depuis que je la connaissais, le seul moment où je l'avais vue terrifiée, c'était quand je lui avais tendu ce téléphone.

Pourquoi ? Que lui avait-il fait ?

Connaître son histoire ne me ferait pas dévier de mon but, mais cela me turlupinait malgré moi.

Et puis, je ne pouvais oublier sa silhouette adorable, blottie dans ce grand lit avec le soleil qui nimbait d'or ses cheveux blonds et son visage pâle. Elle était fragile et vulnérable, une très jeune femme qui avait besoin d'être protégée.

Mais elle n'était pas que cela. Je devinais en elle une détermination et une honnêteté que je n'avais pas rencontrées depuis longtemps. Le monde des affaires dans lequel j'évoluais – même alors qu'elles étaient parfaitement légales – était fait de coups de poker et de stratégies. C'était un jeu où le plus fort raflait la mise.

Imogen, elle, ne donnait pas l'impression de tricher. Elle ne jouait pas, ne rusait pas. Elle voulait coucher avec moi et me l'avait dit avec une franchise déconcertante.

Et dévastatrice.

Il valait mieux que je me tienne quelque temps à distance de la maison. Ma libido avait besoin de refroidir.

Je quittai l'immeuble où venait de se terminer

ma réunion et regagnai la Sedan noire au volant de laquelle m'attendait Andy, mon chauffeur.

Je m'installai à l'arrière et claquai la portière derrière moi.

Tandis qu'Andy se mêlait à la circulation, je laissai mes pensées me ramener vers ma jeune captive. Même si je ne l'avais pas vue pendant ces deux jours, ma gouvernante m'avait donné de ses nouvelles. Apparemment, Imogen tournait en rond dans la maison et s'ennuyait ferme.

Elle ne cessait de poser des questions qui embarrassaient Mme Jacobs parce que je lui avais interdit d'y répondre.

Il faudrait que je lui trouve de quoi s'occuper pour passer le temps. Mais quoi ?

Réfléchis. Comment distrait-on une jeune femme ?

Je posai un regard sombre sur la circulation. Les seules idées qui me venaient à l'esprit se pratiquaient à deux dans un lit. Décidément, ça tournait à l'obsession !

Mais je ne céderais pas. Je devais poursuivre mon objectif et ne penser à rien d'autre. Je ne pouvais pas m'encombrer l'esprit avec des détails et Imogen White n'était que cela : un détail.

Comme tes frères l'ont été ?

Non, mes frères n'avaient jamais été des détails ! Mais je n'aurais pas pu les protéger sans me trahir. Or il était vital pour mon plan que mon père continue à penser que je lui étais loyal. Ainsi, il ne m'avait pas vu travailler dans l'ombre à le détruire, lui et son empire du mal.

Leon et Xander avaient été des victimes collatérales. Mais ces jours terribles étaient un lointain souvenir à présent, Dieu merci. Aujourd'hui, ils avaient enfin la vie qu'ils méritaient et cela n'avait été possible que parce que notre père n'était plus là pour les détruire.

Preuve que leur sacrifice n'avait pas été vain.

Mon téléphone vibra dans ma poche.

Je jetai un coup d'œil à l'écran. White. Encore lui. Devais-je répondre ou le laisser mariner encore ?

Je décrochai mais ne dis pas un mot.

— King ?

La voix de White grinçait de fureur.

— Vous feriez mieux de me répondre cette fois, espèce de…

— Vous acceptez ma proposition ? l'interrompis-je. Ou bien dois-je raccrocher encore une fois ?

Il y eut un silence pendant que White essayait probablement de contenir sa rage.

— Je vais appeler la police, gronda-t-il. Je vais porter plainte pour enlèvement !

— Non, vous n'allez pas faire ça. Ne me faites pas croire que vous avez envie que la police vienne mettre son nez dans vos affaires.

Il proféra un juron.

— En tout cas, il est hors de question que je quitte cette ville ! C'est impossible !

— À votre guise. Je ferai donc en sorte que votre princesse immaculée ne le soit plus.

— Elle ne vous laissera pas la toucher !

Je laissai échapper un rire.

— Vous seriez étonné de voir à quel point elle

se montre coopérative depuis que nous avons lié connaissance.

— Si vous avez touché ne serait-ce qu'un cheveu de sa tête…

— Du calme ! Rassurez-vous, je me suis comporté en gentleman.

Je l'avais juste embrassée, mais ça ne comptait pas.

— Votre petite fille est intacte.

— Et je devrais vous croire ?

Je regardai la ville défiler derrière la vitre de la voiture.

— Il faudra vous contenter de ma parole.

— La parole d'un King !

Il n'aurait pas pu mettre plus de mépris dans sa façon de prononcer mon nom.

— Vous respectiez celle de mon père, lui rappelai-je froidement. Vous respecterez la mienne.

— Vous croyez vraiment que la virginité de ma fille m'importe au point de plier bagage et de quitter la ville ?

— Vous en avez besoin. Si je la dépucelle, elle n'aura plus d'utilité pour vous. Et c'est la seule chose de valeur que vous ayez à offrir pour former des alliances, n'est-ce pas ?

— Vous ne savez rien de…

— J'ai mené mon enquête, White, croyez-moi. Vos finances sont au plus bas. Votre dernier atout, c'est votre fille.

Je m'adossai à la banquette.

— Sauf qu'elle est entre mes mains. Je pourrais lui faire des enfants. Qu'est-ce que vous en dites,

White ? Vous pourriez être l'heureux grand-père de deux petits King.

— Allez vous faire foutre ! siffla-t-il. Je vais partir et quand vous la libérerez, je l'emmènerai loin d'ici. Dans une autre ville. Melbourne, peut-être.

— Parfait. Cela m'est complètement égal.

Et c'était la vérité. Une seule chose importait pour moi : qu'il dégage loin de ma ville.

— Tenez-vous à distance de ce qui est à moi.

Il y eut un silence à l'autre bout de la ligne.

— Je veux une preuve de vie, dit-il enfin. Je veux la rencontrer.

Quelque chose en moi se tendit.

— La rencontrer ?

— Oui. En tête à tête, elle et moi sans personne d'autre.

— Pas question.

Je n'avais même pas besoin de prendre le temps de la réflexion.

— Il n'y aura pas de rencontre.

— Écoutez, laissez-moi lui parler cinq minutes, juste pour que je puisse m'assurer qu'elle va bien. Après, je quitterai Sydney. Et j'emmènerai mes hommes, ils se tiendront à l'écart de vos affaires.

Intéressant. S'il était prêt à négocier comme ça, cela signifiait qu'il tenait vraiment à la récupérer. J'avais vu juste. Et je ne voyais aucun inconvénient à ce qu'il emmène ses vautours.

— Ça peut se faire, acquiesçai-je.

— Une fois que je serai parti, vous pourrez la libérer et nous irons nous installer ailleurs. Mais je ne veux plus jamais avoir affaire à vous.

Mon sourire s'élargit.

— C'est moi qui donne les ordres, White. Pas vous. Mais vous avez de la chance, je me sens d'humeur magnanime. Je suis sûr qu'on peut arranger une rencontre de cinq minutes entre vous et votre fille.

— Ce soir. Conduisez-la au…

— Comme je le disais, c'est moi qui donne les ordres. Je vous contacterai le moment venu.

Je coupai la communication et glissai le téléphone dans ma poche.

Bien. Tout se déroulait mieux encore que prévu. Une rencontre avec sa fille serait facile à organiser. Bien sûr, il pouvait s'agir d'une ruse pour la récupérer, mais je veillerai à ce que cela n'arrive pas.

Imogen sera-t-elle d'accord ?

Je resongeai à sa réaction quand j'avais voulu lui passer son père au téléphone, à la peur sur son visage…

Ce n'était pas gagné.

Le moment était peut-être venu de lui demander quel était le problème avec son père.

Je liquidai ma dernière réunion et regagnai mon immense propriété de Vaucluse au moment où la nuit commençait à tomber.

Une forme d'excitation inattendue m'envahit quand la voiture approcha du portail protégé par mes hommes armés. Étrange. Je n'étais pas aussi heureux de rentrer chez moi d'ordinaire. Les plus grands designers avaient travaillé à refaire la décoration d'intérieur, mais je ne m'y sentais pas plus chez moi que dans une suite d'hôtel. Trop de souvenirs sinistres.

Or, ce soir, c'était différent. Ce soir, quelqu'un m'attendait.

Sauf que je ne trouvai ce *quelqu'un* nulle part.

Ni dans l'immense cuisine aux éléments en acier et au carrelage immaculé. Ni dans le grand salon aux larges fenêtres sur l'océan et aux canapés en cuir noir. Ni dans les chambres du rez-de-chaussée ni dans les jardins. Ni près de la piscine sur la terrasse qui dominait la mer. Ni dans la spacieuse salle de bains dotée de l'énorme baignoire.

Mme Jacobs étant rentrée chez elle, je questionnai sèchement mon équipe de sécurité, mais tous me jurèrent que ma prisonnière n'avait pas quitté les lieux.

Cela ne pouvait signifier qu'une chose.

Elle était montée à l'étage. Là où je lui avais interdit d'aller.

Là où se trouvaient ma chambre et mon bureau. Mon espace privé.

Je gravis l'escalier quatre à quatre sans un bruit. Si elle était là-haut alors que je lui avais expressément défendu d'y aller, c'était qu'elle avait une bonne raison de désobéir. Et si elle était en train de fouiner dans mon ordinateur ou mes papiers personnels, je voulais la prendre la main dans le sac.

Mon bureau était vide, de même que les deux autres pièces. Ne restait que ma chambre.

Je franchis silencieusement la porte.

La lumière entrait à flots par l'immense baie vitrée donnant sur la mer et je ne vis rien d'autre qu'un décor épuré, occupé presque exclusivement par mon lit. À première vue, il n'y avait personne.

J'attendis quelques secondes en respirant à peine, pour prendre le temps de m'habituer à l'air sur ma peau, guettant un changement de température même infime, un souffle, un craquement. C'était un truc que m'avait appris autrefois le chef de la sécurité de mon père et qui m'avait permis de rester en vie en plus d'une occasion.

J'avançai lentement, élargissant le champ de mon attention, l'oreille tendue, les sens en alerte.

Rien.

Où était-elle ?

Je m'arrêtai près du grand dressing. La porte était à moitié ouverte, exactement comme je l'avais laissée ce matin-là.

Mais un très léger parfum flottait dans l'air.

Un parfum de roses.

8

Imogen

J'approchai le visage de l'un des costumes accrochés à la tringle et inspirai profondément, laissant l'odeur épicée du santal et du cèdre envahir mes sens.

J'adorais ce parfum. J'aurais voulu enfouir mon nez dans la veste d'Ajax et passer le reste de la soirée à la humer.

D'accord, c'était un peu bizarre d'être là, à renifler ses vêtements au milieu de son dressing. Et je n'étais pas très fière d'avoir investi son espace privé.

Mais il m'avait abandonnée deux jours durant sans la moindre occupation et je commençais à devenir folle, toute seule dans cette grande maison !

Après son départ, je m'étais dit que, si je voulais l'amener à reconsidérer son point de vue sur ma virginité, je devais commencer par en apprendre un peu plus sur lui. Qui sait ? Je pourrais peut-être exploiter ces informations à mon avantage. J'avais donc entrepris d'explorer les lieux.

Hélas, il n'y avait pas de secrets dans ces grandes

pièces à moitié vides, meublées dans un style moderne minimaliste. Pas d'objets personnels, pas de bibelots ni de photos de famille.

J'avais bien essayé d'asticoter la gouvernante, Mme Jacobs, mais elle n'avait répondu à aucune de mes questions, s'agaçant même de mon insistance.

Dépitée, j'avais donc résolu d'attendre le retour d'Ajax en tuant le temps comme je pouvais.

J'avais nagé dans la piscine. Je m'étais promenée dans les jardins. J'avais regardé la télé, visionné des vidéos. J'avais exploré les rayons de sa bibliothèque bien fournie.

Mais intérieurement, je bouillonnais. Chaque heure passée était une heure de liberté perdue. Une heure qui me rapprochait de mon retour chez mon père et de mon inéluctable destin.

Et je sentais la colère monter en moi.

J'étais en rage à cause de tout ce dont j'avais été privée. Tout ce que je n'avais pas pu faire parce qu'on ne m'avait jamais donné la possibilité de choisir ma vie, de décider par moi-même.

Et aujourd'hui, ce que je voulais, c'était Ajax. Je rêvais de découvrir son corps, ses caresses. De le découvrir, lui. Et plus son absence se prolongeait, plus ce désir grandissait.

Voilà pourquoi j'étais venue ici, à l'étage interdit. La frustration avait attisé ma curiosité. J'étais obsédée par ce qu'il pouvait y avoir là-haut. S'il m'avait interdit de monter, c'était forcément qu'il y avait quelque chose qu'il ne voulait pas que je voie. J'avais résisté pendant deux jours entiers.

Et au troisième, j'avais gravi l'escalier.

L'étage était silencieux et meublé dans le même style minimaliste qu'en bas.

Les deux pièces ouvertes sur l'océan offraient une vue incroyable.

Les murs du bureau étaient blancs, le parquet lustré. Une grande planche en bois noir faisait office de table de travail et elle ne portait qu'un mince ordinateur portable argenté. Des étagères chargées de dossiers tapissaient deux murs. Contrairement au rez-de-chaussée, il y avait un objet personnel au-dessus du bureau : une toile représentant un voilier voguant vers l'horizon. La scène était simple mais magnifiquement réalisée. En regardant ce tableau, j'avais l'impression de sentir les embruns sur mon visage et le vent dans mes cheveux.

Pourquoi était-il accroché ici ? Quelle signification avait-il ?

J'avais envie d'examiner ses livres et de fouiller dans son ordinateur, mais un scrupule me retint et je passai dans sa chambre.

Elle était vaste et très dépouillée elle aussi. Un grand lit face à la mer, une commode, et c'était tout.

Il n'y avait rien d'autre mais, puisque la porte du dressing était entrouverte, j'y passai la tête pour jeter un coup d'œil. Son odeur flotta doucement jusqu'à moi. Comme attirée par un aimant, je m'approchai d'une rangée de costumes. Je voulais respirer son parfum, retrouver ce sentiment de réconfort qui m'avait envahie pendant les quelques minutes où il m'avait portée dans ses bras.

C'était idiot, je le savais bien. Et humer ses vêtements était parfaitement ridicule. Mais son odeur me rassurait. Elle me donnait l'impression d'être en sécurité, de baigner dans une douceur mêlée d'excitation.

Tu ferais mieux de filer avant qu'il revienne et te trouve ici.

Je reculai à regret. Je ne voulais surtout pas qu'il me surprenne à l'étage, le nez dans ses costumes.

Tout à coup, une main d'acier surgie de nulle part se referma sur mon bras.

Je me figeai de terreur.

La main me tira hors du dressing et me poussa sans violence, mais implacablement, contre la porte du placard.

Un T-shirt blanc tendu sur de larges épaules dansa devant mes yeux effrayés.

Ajax.

Je passai de la panique à l'excitation en une fraction de seconde. L'odeur que j'avais respirée quelques instants plus tôt m'enveloppa et m'apaisa comme un baume.

— Qu'est-ce que tu fiches dans mon dressing ? gronda-t-il.

Mes joues s'enflammèrent et je regrettai de ne pas pouvoir disparaître sous le parquet.

Je n'aurais pas dû venir ici. C'était vraiment une idée stupide.

— Je suis désolée.

Je fixai son torse, incapable d'affronter son regard.

— Je… Euh… Je m'ennuyais.

— Tu t'ennuyais, répéta-t-il, glacial. Et tu es donc montée à l'étage alors que je t'avais expressément interdit de le faire et tu as fouiné dans mes affaires ?

Il avait le droit d'être en colère. Je n'avais pas à entrer dans sa chambre.

— Je… Je suis désolée, répétai-je. Je sais que j'ai eu tort. Mais j'étais à court d'idées. Je me suis baignée dans la piscine, j'ai regardé des DVD et je n'ai pas d'ordinateur, alors…

— Regarde-moi quand tu me parles !

Je n'osais pas, mais m'adresser à son torse était stupide. Je serrai les dents et obéis.

Son regard bleu glacier me transperça et l'oxygène déserta mes poumons tandis que mon cœur battait comme un fou dans ma poitrine.

Pendant les deux jours qu'avait duré son absence, je m'étais répété à moi-même que j'avais sûrement exagéré le pouvoir de séduction de cet homme. Il ne pouvait pas être aussi beau et attirant que dans mon souvenir…

Eh bien, si ! En fait, je l'avais même sous-estimé dans mon souvenir.

Il me dominait de toute sa hauteur et sa main sur mon bras électrisait toutes les fibres de mon corps.

— Cela n'explique pas ce que tu fabriques à l'étage alors que je t'avais demandé de ne pas monter.

Il martelait chaque mot très calmement et la colère faisait briller ses yeux.

Alors, ma propre colère se réveilla, attisée tout à la fois par le trouble qu'il suscitait en moi, ma stupide faiblesse et mon embarras.

J'étais restée prisonnière de cette maison pendant deux jours, alors que le temps qui me restait avant de retourner dans la cage de mon père m'était compté.

Alors oui, j'avais des raisons d'être en colère. Et je n'avais quand même pas commis un crime !

— Je suis curieuse, c'est comme ça ! lançai-je en redressant le menton. Quand on laisse quelqu'un tout seul pendant deux jours, on lui trouve une occupation ou alors, on en assume les conséquences !

— Ce sont des appartements privés. Qu'est-ce qui t'a permis de croire que tu pouvais monter ici et fouiller partout ?

Ses mâchoires se serrèrent.

— On ne peut pas te laisser seule, c'est ça ? Tu es encore un bébé, tu as besoin d'une nounou ?

Son ton condescendant me rappela la façon dont mon père me traitait quand je désobéissais, ou quand il me disait que je ferais honte à ma mère si elle me voyait.

Ça me brisait le cœur à chaque fois.

— Vous n'êtes qu'un despote arrogant, rétorquai-je, blessée. Je vous interdis de me traiter de bébé !

— Je te traite comme j'en ai envie. Surtout quand tu fourres ton nez dans mes affaires.

— Je vous ai dit que j'étais désolée ! J'étais curieuse à votre sujet, d'accord ?

Il resta immobile, comme un grand prédateur qui a repéré une proie et rassemble ses muscles pour bondir. Malgré ma colère, une partie de moi frémit d'excitation.

— Curieuse à mon sujet ?

Ma bouche se dessécha. Plus mon excitation grandissait plus ma colère diminuait.

— Je voulais en apprendre un peu plus sur vous, c'est tout.

— Un peu plus sur quoi ?

— Je ne sais pas.

Mes joues s'enflammèrent de nouveau.

— N'importe quoi.

Il s'inclina vers moi, son visage à quelques centimètres du mien, ses yeux bleus incroyables remplissant tout mon champ de vision. Je sentais de nouveau son odeur, chaude, sexy, masculine.

— Si tu as fouillé dans mes affaires, tu vas le regretter.

Il se rapprocha encore et sa chaleur m'enveloppa comme une étreinte.

— Je n'aurais pas dû te traiter de bébé mais tu as franchi la ligne jaune : même mes frères ne sont pas autorisés à monter ici, alors à plus forte raison la fille de mon ennemi !

J'oubliai de respirer.

Il était si beau que je le regardai avidement, à présent. Ma colère était définitivement oubliée.

Sa barbe naissante accentuait la ligne dure de ses joues et ses pommettes étaient sublimes. Il avait le nez droit et une fine cicatrice coupait en deux un sourcil.

C'était un visage fascinant. Rempli d'ombres et de mystères.

Ses cils noirs épais formaient un écrin parfait pour ses yeux bleu clair. La colère qui brillait au fond de leur eau glacée ajoutait encore à leur pouvoir de séduction.

Je ne détournai pas mon regard. J'en étais incapable.

— Je n'ai pas fouillé dans vos affaires, juré…

Dieu, j'avais trop envie de le toucher ! De sentir

sa peau chaude et le piquant de sa barbe sous mes doigts.

— J'ai juste regardé le décor et ensuite je… je suis allée respirer un peu vos vêtements.

Il cilla.

— Pardon ?

Je n'éprouvais plus d'embarras, plus maintenant qu'il était juste devant moi, m'écrasant de sa présence enivrante. Une bombe aurait pu exploser derrière lui, je ne m'en serais même pas rendu compte.

— Je… J'aime beaucoup votre odeur.

Ma main se leva sans même que j'aie conscience de mon geste et mes doigts effleurèrent sa joue ombrée de barbe.

— Et j'aime aussi vous toucher.

Il se changea en statue. On aurait pu penser que je venais de lui tirer dessus à bout portant.

Je n'aurais pas dû faire ça. J'aurais dû me contrôler, d'autant que je l'avais déjà mis en colère en entrant dans ses appartements privés.

Mais c'était plus fort que moi. Je suivis du bout des doigts la ligne dure de sa joue et de petits frissons voluptueux remontèrent le long de mon bras. C'était si nouveau pour moi, si magique, si merveilleux…

La colère dans ses yeux céda la place à quelque chose de plus chaud. De plus intense.

— Qu'est-ce que tu fais ?

Sa voix était profonde et étrangement rauque.

— Je vous touche.

Mes yeux se posèrent sur sa bouche fascinante et j'effleurai du doigt le dessin de sa lèvre inférieure.

Mon Dieu, elle était si douce ! Qui aurait pu imaginer une telle douceur chez Ajax King ?

— Je peux ?

Il me regardait, totalement immobile. Pourquoi ne parlait-il pas ?

Il ne voulait peut-être pas que je le touche.

Tiens-toi un peu. Tu me fais honte.

La voix de mon père résonna dans ma tête comme un avertissement et une partie de moi se recroquevilla d'embarras. Mais pas assez pour me dissuader de continuer.

Il était trop fascinant, trop tentant pour que je puisse résister à ma pulsion. Il y avait si longtemps que je n'avais pas touché quelqu'un. J'avais été coupée du monde et j'étais si seule !

C'était mon unique chance de décider de mon destin.

Toutes les femmes choisissaient leur partenaire. Pourquoi pas moi ?

— Stop, articula Ajax de sa drôle de voix.

Souviens-toi de ce qui s'est passé la dernière fois que tu as bravé un interdit.

Oui, je me souvenais. Cam.

La peur me submergea.

— Je suis désolée.

Je retirai ma main et baissai la tête.

— Je n'aurais pas dû vous toucher sans vous demander la permission. Je ne suis pas très douée pour…

— Regarde-moi, Imogen.

Je pris une inspiration et obéis. L'autorité dans sa voix était irrésistible.

Son expression me liquéfia.

Le désir brûlait dans ses yeux. En fait, il aimait que je le touche.

Je cessai de respirer.

— Ce n'est pas que je ne *veux* pas que tu me touches, dit-il d'un ton bourru. C'est qu'il ne *faut* pas. Et tu sais pourquoi.

Bien sûr. Toujours cette maudite virginité.

— Mais… Vous pouvez m'embrasser, non ?

Je levai les yeux vers lui.

— Mon père n'en saurait rien.

— Non, murmura-t-il. Il n'en saurait rien.

Son regard se posa sur ma bouche.

— Mais ce que je désire n'entre pas en ligne de compte.

Sa réflexion me surprit. Pourquoi ce qu'il désirait ne compterait-il pas ? Et que désirait-il, au juste ?

— Pourquoi ?

Il me serrait toujours le bras et j'avais tellement conscience de sa main sur ma peau que j'en sentais tous les reliefs.

Il ne répondit pas et ses yeux rencontrèrent de nouveau les miens.

Il y avait une tension dans l'air tout autour de nous, l'attirance qui nous poussait l'un vers l'autre gagnait en intensité d'instant en instant.

— S'il vous plaît, m'entendis-je murmurer. On ne m'a jamais embrassée. Et je… Je voudrais que mon premier baiser soit avec quelqu'un que j'ai choisi.

Il me dévisagea pendant une autre longue et douloureuse seconde.

Puis il combla l'espace entre nous et posa sa bouche sur la mienne.

Le choc me pétrifia.

Ajax King m'embrassait. Ces lèvres magnifiques que j'avais dessinées du bout du doigt quelques instants plus tôt étaient sur les miennes et elles étaient… Oh mon Dieu, elles étaient *incroyables*.

Il avait dû boire du café à un moment de la journée, cette saveur sombre et riche s'associait à la sienne et composait un mélange unique et délicieux. Je ne parvenais pas à m'en rassasier.

Son baiser était dur et doux à la fois. Sa langue suivait la fente de mes lèvres, m'invitant à les ouvrir pour lui. Un frisson me parcourut de la tête aux pieds et un picotement électrique hérissa ma peau de chair de poule, me laissant sans autre volonté que de lui donner tout ce qu'il voulait.

Rien à voir avec la façon dont il m'avait embrassée dans la voiture. Il y avait autant de différence qu'entre la flamme d'une bougie et un incendie de forêt.

Il faufila sa langue entre mes lèvres et se mit à explorer lentement ma bouche, avec une telle douceur que je me sentis trembler.

Je posai les mains sur son torse pour agripper le coton de son T-shirt et m'y cramponner. Un gémissement de plaisir m'échappa.

Je ne savais pas ce qui l'avait fait changer d'avis, mais peu importait. Je voulais juste qu'il ne s'arrête pas.

Il dut entendre ma prière muette, parce qu'il me plaqua contre la porte du dressing, accentuant la pression de sa bouche, m'embrassant avec une telle maîtrise que j'aurais pu défaillir de plaisir.

Rectificatif : je défaillais de plaisir. Mes jambes étaient en coton et je devais me retenir à son T-shirt pour rester droite.

Impossible de me contrôler. Il m'avait tellement manqué pendant ces deux jours ! Je n'avais pas cessé de penser à lui, j'avais rêvé de le toucher et maintenant que mon souhait se réalisait, je ne pouvais plus m'arrêter.

Je basculai la tête en arrière pour me livrer complètement tout en essayant de lui rendre son baiser. Je voulais encore plus de sensations, de chaleur, de vertige, de contact.

Mais je ne savais pas comment m'y prendre.

Je tirai sur son T-shirt pour l'attirer plus près, mais il ne bougea pas et je gémis de frustration.

Saisissant mon menton entre ses doigts, il m'embrassa plus durement, plus passionnément, mordilla ma lèvre inférieure, changea d'angle, transforma son baiser en quelque chose de si érotique que je me demandai s'il n'était pas possible d'atteindre l'orgasme simplement comme ça.

Je me cambrai contre la porte du dressing, cherchant le contact, essayant de me presser contre son corps dur.

Il éloigna sa bouche de la mienne et, comme je m'agrippais à lui, resserra l'étreinte de ses doigts sur mon menton pour m'immobiliser.

Je m'entendais haleter, mais cela m'était égal.

— N'arrêtez pas.

Ma bouche était meurtrie et gonflée par ses baisers.

— S'il vous plaît !

L'électricité dans son regard me transperça, la passion brillait dans ses yeux bleu glacier. Il respirait vite et de façon sifflante.

Il me désirait.

— Non, dit-il.

9

Ajax

Imogen me fixait, le désir assombrissait ses yeux et sa bouche adorable était rougie par mes baisers. Elle s'agrippait à mon T-shirt comme si elle avait peur de tomber dans le vide si elle me lâchait et sa respiration était saccadée. Son parfum de roses et celui, plus secret, de son excitation m'enivraient.

Je n'aurais pas dû l'embrasser. Bon Dieu, pourquoi avais-je fait cette connerie ?

Je voulais juste qu'elle me dise pourquoi elle était montée dans mes appartements en dépit de mon interdiction.

Mais ensuite, elle m'avait touché. Elle avait posé sa petite main sur moi et ses doigts délicats avaient caressé ma joue. Avec douceur. Et elle m'avait regardé comme si elle n'avait jamais rien vu d'aussi merveilleux de toute sa vie. Comme si je la fascinais.

D'ordinaire, les gens avaient peur de moi. Ils n'étaient pas fascinés.

Certaines femmes étaient attirées par mon passé

sombre et violent. Pour elles, j'étais un trophée. Coucher avec l'homme le plus dangereux de Sydney leur conférait une certaine gloire.

Imogen, elle, n'avait pas peur. Ni de moi ni de ma colère, et son audace me plaisait. Elle m'avait supplié de l'embrasser parce qu'elle voulait que son premier baiser vienne de quelqu'un qu'elle désirait…

Bon sang, comment aurais-je pu refuser ?

Ne cherche pas d'excuses. Tu voulais l'embrasser. Tu as passé deux jours loin d'elle mais cela n'a servi à rien. Elle te séduit autant que la nuit où tu l'as kidnappée.

J'avais envie d'elle, oui, impossible de le nier. Et j'avais eu terriblement envie de l'embrasser. Alors pourquoi m'en priver ?

Ce n'était qu'un baiser.

Sauf que mon sexe était aussi dur que la pierre et que son parfum me rendait fou. Un démon en moi avait complètement oublié le grand projet qui gouvernait ma vie. Il ne pensait qu'à une seule chose : la plaquer contre la porte du dressing et la posséder pendant des jours.

Mais j'avais besoin qu'elle garde sa virginité. C'était la seule arme dont je disposais contre son père. Sans elle, je n'aurais plus aucun levier pour le faire céder.

Il y a d'autres moyens de te débarrasser de lui.

Bien sûr. Mais c'étaient les méthodes de mon père, pas les miennes. Je valais mieux que ça.

Alors quoi ? Te procurer un faux certificat médical ?

Ce ne serait pas compliqué. Mais j'avais donné à White ma parole de King que je ne la toucherais pas.

White n'accorde aucun crédit à ta parole.

Lui, peut-être. Mais moi, si. Le nom des King était honni dans cette ville et mes frères et moi voulions redorer notre blason. Cela impliquait de tenir nos promesses et de respecter nos engagements.

Me parjurer me ravalerait au même rang que mon père.

— Je suis désolée.

La déception dans sa voix me serra le cœur.

— Je n'aurais pas dû vous demander de m'embrasser. Je voulais… C'était stupide…

Son menton était chaud entre mes doigts et ses cheveux sur mon poignet avaient la douceur de la soie. L'espace d'un instant, je les imaginai, déployés sur mon torse… Sans même m'en rendre compte, je glissai la main vers sa joue. Elle se frotta contre ma paume comme un petit chat et je serrai les dents.

Non, cela ne servait à rien de me raconter que je ne la désirais pas. Seulement, mon projet était plus important que mon envie. Et il en serait toujours ainsi.

Je n'allais pas tout compromettre pour deux heures de plaisir avec une femme, aussi adorable soit-elle.

— Qu'est-ce qui était stupide ? demandai-je en essayant de ne pas me laisser hypnotiser par le petit grain de beauté au-dessus de sa lèvre.

La saveur douce de sa bouche s'attardait sur ma langue. Je mourais d'envie de goûter celle de sa peau, de son corps.

Une gêne passa dans ses yeux, comme si elle hésitait à répondre. Puis son regard s'affermit.

— Je voulais me venger de mon père. Il se sert de moi comme d'une monnaie d'échange pour sceller des alliances avec ses amis. Il me traite comme un objet et ça me met en colère. Le jour où je perdrai ma virginité, je veux que ce soit avec un homme que j'aurai choisi, moi. Un homme pour qui j'ai de l'attirance.

Elle continua à me regarder droit dans les yeux.

— Un homme comme vous.

Il y avait de la détermination dans son regard vert. Je retrouvai cette volonté que j'avais perçue en elle quand elle m'avait découvert dans le miroir des toilettes de l'hôtel. Elle n'était pas simplement une jeune femme naïve qui posait trop de questions et bouillonnait d'une inépuisable énergie. Elle était bien plus complexe et c'était très intrigant – et très sexy.

— Je suis l'ennemi de votre père, murmurai-je. Ça le rendrait fou.

— Exactement.

Une vengeance. Oui, c'était une idée à laquelle je pourrais souscrire.

— Mais votre virginité est essentielle à mon plan, vous vous rappelez ?

La déception assombrit son visage.

— Comment l'oublier ?

Après tout, pourquoi n'aurait-elle pas droit à sa vengeance ? Et pourquoi ne pourrais-je pas y trouver moi aussi mon compte ?

Attention, c'est une pente glissante.

Oui, et j'étais bien placé pour le savoir. C'étaient les petits glissements imperceptibles qui finissaient par déclencher des avalanches. Des concessions, anodines en apparence, mais qui creusaient peu à peu votre tombe. C'était ainsi, pas à pas, que j'avais réussi à détruire mon père.

Si je cédais à mon désir, si je perdais la seule arme que j'avais contre White, que me resterait-il ?

Le seul langage qu'il comprenait était celui de la violence et je ne voulais pas emprunter à nouveau cette voie.

La déception se lisait dans les yeux d'Imogen, mais pas seulement. Il y avait autre chose, une intensité qui me serra le cœur et le tordit brutalement.

— Ne me regarde pas comme ça, lui dis-je d'une voix brusque, ma main toujours sur sa joue, alors que je savais très bien que c'était une erreur.

— Vous êtes le seul, chuchota-t-elle. Vous êtes le seul qui me fait ressentir ce trouble.

Bon sang. Elle n'avait pas le droit de me dire des choses pareilles !

— Je n'ai rien de spécial, Imogen. Combien d'hommes avez-vous rencontrés ?

— Suffisamment. Assez pour savoir que c'est vous que je veux, Ajax. Juste vous.

La torsion dans ma poitrine s'accentua douloureusement.

— Je ne peux pas.

— Alors dites-moi de m'en aller.

Elle posa sa main sur la mienne, maintenant ma paume contre sa joue chaude.

Oui, je devais lui dire de retourner dans sa chambre. *Tout de suite.*

Mais une partie de moi s'y refusait. Un îlot de rébellion qui en avait assez d'être toujours celui qui se sacrifie. Après tout ce que j'avais fait pour sauver mes frères et ma ville, pourquoi n'aurais-je pas le droit de penser un peu à moi ?

Tu ne peux pas et tu le sais très bien.

— Je ne couche pas avec des vierges.

Ma voix était âpre. Je ne savais même pas à quoi rimait cette discussion, puisque je n'allais rien faire du tout avec elle.

— Je ne suis pas un amant doux et prévenant.

— Qui a dit que je voulais un amant doux et prévenant ?

Elle chercha mon regard.

— Et si j'avais envie d'un homme rude et sauvage ?

Elle n'avait aucune idée de ce qu'elle disait. Qu'est-ce que j'attendais pour la renvoyer dans sa chambre ?

— Tu as de l'expérience en la matière, bien sûr ? raillai-je d'une voix sourde.

— Non, mais j'ai regardé quelques films X.

Elle frotta de nouveau sa joue contre ma paume et, cette fois, ses dents mordillèrent la base de mon pouce. Elle guetta ma réaction avec une curiosité non déguisée.

Je sentis une décharge électrique comme si elle avait griffé mon sexe avec ses dents.

— Tes films et la réalité n'ont rien à voir, petite vierge, grondai-je, furieux contre moi-même de ne pas avoir la force de la repousser. Tu ne sais pas de quoi tu parles !

Ses joues s'enflammèrent, mais la détermination flamboya dans ses yeux.

— Alors montrez-moi !

Éloigne-toi d'elle, imbécile.

— Imogen…

— C'est un oui ?

Le parfum de roses se mêlait à l'odeur de son corps tout contre le mien. J'avais envoyé ma gouvernante lui acheter des vêtements la nuit où je l'avais kidnappée et apparemment elle avait puisé dedans. Elle portait un T-shirt vert et un pantalon de yoga gris. Quand elle prit une longue inspiration, le tissu se plaqua sur ses petits seins parfaits et ses mamelons dressés pointèrent sous le coton.

Tu ne vas pas faire cette connerie ?

J'avais tiré un trait sur mes rêves de vie heureuse. Un foyer, une femme que j'aimerais et qui m'aimerait, une famille qui ne soit pas pourrie jusqu'à l'os, tout cela n'était pas pour moi.

J'y avais renoncé parce que celle qui partagerait ma vie deviendrait immédiatement une cible pour mes ennemis. Je ne pouvais prendre un tel risque, ni me rendre vulnérable. Le prix de la sécurité serait trop lourd à payer.

La violence appelait la violence et je refusais d'emprunter une pente qui me ramènerait vers mon père et tout ce que j'avais commis en son nom.

Mais cette gamine me voulait, moi ! J'étais *son* choix. Et sa façon de me regarder, comme si j'étais sa seule planche de survie…

Tu vas tout foutre en l'air, juste pour baiser avec elle ?

Non, ça pouvait marcher. Obtenir un faux certificat ne serait pas bien compliqué. J'avais réussi à faire tomber Augustus King, ce n'était quand même pas un après-midi avec une fille magnifique qui allait tout remettre en cause ?

Mon pouce caressa ses lèvres pleines puis se faufila entre elles. Leur chaleur autour de mon doigt me coupa la respiration.

Des flammes vertes dansèrent dans ses yeux. Elle me mordilla de nouveau.

L'aiguillon du désir se planta dans mon sexe douloureux et je dus faire appel à toute ma volonté pour ne pas la plaquer contre la porte, lui arracher ce foutu pantalon de yoga et la pénétrer d'un coup de reins.

— Deux heures, grondai-je, conscient que c'était une décision que j'allais regretter. C'est tout ce que je peux t'accorder.

Elle hocha la tête en silence, la respiration lourde.

— Maintenant, écoute-moi bien, Imogen.

J'approchai mon visage du sien.

— Je veux que tu m'arrêtes au moindre problème. Si tu n'aimes pas ce qui se passe, si…

Elle planta plus fort ses dents dans mon pouce, stoppant net ce que j'allais dire.

Merde !

Je retirai le doigt et le remplaçai par ma bouche, cédant pour la première fois de ma vie à mon envie.

À mon propre désir.

À l'instant où mes lèvres touchèrent les siennes, elle s'ouvrit à moi, chaude, douce. Sa langue chercha la mienne, d'abord en hésitant, puis avec plus d'assurance. Ses mains se faufilèrent le long de mon torse et ses bras s'enroulèrent autour de mon cou, son corps menu se pressa contre le mien comme une liane.

Imogen était avide, passionnée, et elle se livrait complètement.

Derrière ses grands yeux verts et sa franchise désarmante, se cachait un tempérament de feu.

Comme chez moi.

Toute retenue m'abandonna.

Plongeant la main dans sa chevelure soyeuse, je l'enroulai autour de mes doigts et lui tirai la tête en arrière pour l'embrasser plus intensément encore.

Elle gémit doucement tandis que je mordillais ses lèvres, les léchais puis les dévorais de nouveau. Dieu, elle était délicieuse.

Elle resserra l'étreinte de ses bras autour de mon cou, m'attirant encore plus près, puis se mit à m'escalader comme un arbre, enroulant ses jambes autour de ma taille, se cambrant en arrière, pressant ses seins contre mon torse et se tortillant pour frotter son entrejambe contre le mien.

Elle me rendait fou.

Détachant ses mains de mon cou, je les relevai au-dessus de sa tête et les immobilisai contre la porte du dressing. Puis j'éloignai ma bouche de la sienne.

— Si tu ne veux pas que ça finisse prématurément, il va falloir ralentir.

Elle haletait, sa bouche sensuelle rouge et gonflée par mes baisers.

— Mais je ne veux pas ralentir !

Ses hanches roulaient contre les miennes, sa chaleur traversant son pantalon de yoga et mon jean.

— Oh… Ajax…

Sa voix était rauque et suppliante.

— S'il vous plaît…

Je n'aurais eu aucun mal à déchirer ce foutu pantalon et à la prendre sur-le-champ. Mais je n'étais pas un animal. Je voulais profiter du moment et nous donner à tous les deux le plus de plaisir possible.

Donc je poussai mes hanches entre ses cuisses et j'ondulai contre elle, observant la rougeur qui envahissait ses joues, le trouble qui voilait son regard. Elle gémit tandis que je faisais en sorte que la pointe de mon sexe bandé se presse sur son clitoris. Elle se mit à trembler et essaya de libérer ses poignets de mon étreinte.

— Oh mon Dieu… C'est trop bon…

Elle se tortilla contre moi.

— Mais vous ne… ? Je veux dire, vous n'allez pas… ? Oh…

— Arrête de parler et laisse-moi me concentrer.

Je changeai l'angle, frottant contre elle mon sexe douloureusement bandé.

Elle renversa la tête en arrière, les yeux mi-clos de plaisir.

— C'est absolument… divin…

Elle respira plus vite.

— Oh… Je pourrais jouir. Mais je… je ne veux pas. Pas déjà !

Inclinant mon visage, je pressai mes lèvres sur sa gorge, léchant le sel de sa peau, percevant son tremblement.

— Le nombre d'orgasmes n'est pas limité, ma douce. Alors laisse-toi aller.

— Mais je… Non… Oh Ajax… *Ajax* !

Le désespoir dans sa voix était incroyablement sexy. Tout comme l'était sa façon de se tortiller contre moi, haletante, se cambrant et demandant toujours plus.

Et j'accédai à sa requête.

Tout en continuant à lui maintenir d'une main les poignets au-dessus de la tête, je relevai de l'autre son T-shirt, exposant un délicat soutien-gorge en dentelle blanche. C'était très joli, surtout avec ses mamelons roses qui se dessinaient en transparence. Je pris une seconde pour les admirer avant de tirer le tissu sur le côté, dénudant un sein. Puis je me penchai sur la pointe dressée et la léchai.

Elle sursauta contre moi avec un cri étouffé.

Je la léchai de nouveau. La saveur sucrée salée de sa peau était aussi exquise que ses baisers. Dieu ! J'aurais pu la dévorer.

Et je ne m'en privai pas.

Happant le mamelon entre mes lèvres, je le suçai tandis qu'elle se raidissait et se cambrait contre moi. Je voulais prendre mon temps, l'émoustiller, faire durer le plaisir aussi longtemps que possible.

Mais elle était trop impatiente.

Resserrant ses jambes autour de ma taille, elle se souleva contre moi et pressa sa poitrine contre mon visage, m'encourageant à la sucer plus fort.

— Oui, balbutia-t-elle. Oh Ajax, oui…

Elle était tellement sexy ! J'avais son goût dans ma bouche et l'odeur de son excitation me montait à la tête.

Elle allait me faire craquer comme un adolescent.

Je mordillai le mamelon jusqu'à ce que les mots qu'elle murmurait deviennent des cris incohérents. Puis elle se raidit soudain dans mes bras et jouit en criant mon prénom.

10

Imogen

Soulevée par la vague gigantesque du plaisir, je tremblais dans les bras d'Ajax. J'avais l'impression de rayonner, comme si la magie de ses mains et de sa bouche avait allumé en moi une lumière invisible.

Si j'avais su que le sexe ressemblait à ça, j'aurais mis bien plus d'énergie à essayer de fuir mon père.

Ce n'est pas simplement le sexe. C'est Ajax.

Ma tête reposait contre la porte du dressing et j'avais les paupières fermées. Je les soulevai doucement, à la fois anxieuse et avide de voir sa réaction.

Ses yeux étincelaient de désir, il avait l'expression d'un homme affamé. Il ressemblait plus que jamais à un prédateur.

Et une femme inconnue en moi souhaitait de toutes ses forces répondre à cet appel primitif.

Je lui avais dit qu'il était celui que je voulais, qu'il était le seul. Des paroles dictées par l'instinct. Mais maintenant, c'était une certitude. Cette passion en moi, ce plaisir, c'était uniquement parce que c'était lui.

Pendant une seconde, j'essayai d'imaginer la

même scène avec un autre homme et j'en fus incapable. J'avais désiré Ajax à la minute où je l'avais vu. Mais il y avait plus : avec lui, je me sentais en sécurité. Protégée.

Il n'avait rien de rassurant. Il était dangereux. Mais cela ajoutait encore à son charme. Il m'attirait. Une force inconnue me poussait vers lui et, aussi incroyable que cela puisse paraître, c'était réciproque.

Il avait essayé de me résister et il avait échoué. J'aimais ce pouvoir inconnu que je me découvrais. Énormément. C'était une expérience toute nouvelle pour moi.

— Tu es toujours là ?

Sa voix glissa comme du velours noir sur ma peau. Sensuelle, avec une note sombre délicieusement inquiétante.

Cette fois, ce ne fut pas seulement mon corps mais mon âme qui répondit à son appel.

Mes jambes étaient toujours enroulées autour de sa taille, la barre dure de son sexe pressée contre mon clitoris palpitant. L'étau de ses doigts autour de mes poignets m'excitait aussi, comme si une partie de moi aimait être ainsi réduite à l'impuissance.

J'aurais pu me sentir gênée de m'être agrippée à lui sans pudeur et d'avoir perdu tout contrôle. Mais la façon dont il me regardait dissipa mon embarras.

— Euh… Oui.

J'avais du mal à croire que cette voix éraillée était la mienne.

— Mais si j'en crois les fameuses vidéos que j'ai regardées, ajoutai-je, nous n'en avons pas encore terminé. Exact ?

Une partie de moi s'inquiétait qu'il veuille s'en tenir là et me laisse en plan, rassasiée, mais toujours affamée.

Il bougea et son sexe bandé effleura mon clitoris sensible, déclenchant une onde de plaisir qui me fit frissonner. Il prit mon sein dénudé en coupe dans sa main.

Sa paume était chaude et, quand il caressa du pouce mon mamelon encore mouillé par sa salive, je gémis.

— Non, nous n'en avons pas encore terminé.

Il m'observa, comme pour jauger ma réaction.

— Techniquement parlant, vous êtes toujours vierge.

— Oui, c'est vrai.

Une réaction étrange était en train de monter en moi. Une émotion incontrôlable qui me donnait envie de fondre en larmes.

Oh non, pas ça ! Pour le coup, ce serait vraiment la honte…

Je ne pleurais jamais. Je n'avais pas pleuré quand mon père m'avait prévenue qu'il ne voulait pas d'une fille comme moi. Et j'avais réussi à ne pas pleurer non plus quand il m'avait dit que j'avais tué ma mère en venant au monde et qu'il ne me le pardonnerait jamais.

Par chance, je ne pensais presque jamais à ce jour-là.

— Ce maudit hymen ne va pas se briser tout seul, dis-je très vite pour essayer de surmonter la tempête qui se levait à l'intérieur de moi. Et… Et ce ne sera pas vraiment une vengeance si je ne…

Il retira sa main de mon sein et posa le pouce sur ma bouche pour stopper le flot de mes paroles. Il me fixa.

— Qu'est-ce qui se passe, gamine ?

À ma grande horreur, ma lèvre inférieure se mit à trembler.

Ce n'était pas comme ça dans les films X. Les femmes gémissaient et haletaient pour montrer qu'elles prenaient du plaisir, mais ensuite, elles ne se mettaient pas à pleurnicher.

— Qu'est-ce qui ne va pas ?

Il éloigna son pouce de mes lèvres.

— Et je veux la vérité, cette fois.

Je déglutis pour essayer d'avaler la boule qui s'était formée dans ma gorge.

Papa serait fou de rage s'il me voyait.

Il ne supportait pas mes larmes.

— Rien.

J'essayai désespérément de donner le change.

— Tout va bien.

Mais bien sûr, Ajax ne fut pas dupe.

— Non, tout ne va pas bien. Tu étais sincère avec moi jusqu'ici, Imogen. Pourquoi mens-tu maintenant ?

Merde, j'étais nulle. C'était pour cette raison que j'avais voulu fuir mon père : parce que je ne réussirais jamais à devenir celle qu'il voulait que je sois. Je ne parviendrais jamais à conquérir son cœur. Je ne causais que du malheur et de la déception autour de moi.

— C'est vrai, tout ne va pas bien, avouai-je d'une voix rauque, pathétique.

À quoi bon nier, puisque je n'étais même pas capable de faire semblant ?

— Je me sens… bizarre. J'ai envie de pleurer, mais ça n'a rien à voir avec vous, je…

Il continua à me fixer en silence.

— N'allez surtout pas croire que je ne veux pas continuer, ajoutai-je, furieuse de gâcher ce moment. J'ai vraiment besoin que vous preniez ma virginité. Je veux ma vengeance.

Il ne parlait toujours pas.

Génial, j'avais tout gâché ! Je m'étais montrée trop franche. Trop émotionnelle. Trop… Trop tout. J'aurais dû me rappeler que ma stupide spontanéité provoquait toujours des catastrophes. Comme avec Cameron. Il s'était fait rouer de coups. Il avait failli perdre la vie…

Par ma faute. Je n'avais pensé qu'à moi quand je lui avais donné rendez-vous. Il me plaisait, je n'avais réfléchi à rien d'autre. Et il avait payé mon égoïsme au prix fort.

Je détruisais tout ce que je touchais.

Ajax lâcha mes poignets, puis il m'enserra la taille de ses mains et me reposa doucement au sol.

Sa gentillesse aggrava mon désarroi. Je me sentais comme une enfant blessée qui a besoin d'être consolée.

Mon humiliation était totale.

J'essayai de conjurer une forme de colère pour rester digne, mais il me souleva soudain dans ses bras et me porta vers le grand lit qui faisait face à l'océan. Il m'assit tout au bord et s'agenouilla devant moi.

Je pris une respiration.

— Ça va, marmonnai-je. Vous pouvez partir maintenant.

— Partir ?

Il fronça les sourcils.

— Pourquoi devrais-je partir ?

— Parce que… Parce que je suis pathétique et ridiculement émotive !

Il haussa les épaules.

— Vous n'êtes pas pathétique. Émotive, oui, mais cela n'a rien de ridicule. C'est normal. Ça se produit parfois quand le sexe est vraiment intense.

Intense, oui, c'était le mot.

J'avalai péniblement ma salive.

— Ça vous est déjà arrivé, à vous ? Je veux dire : avoir envie de pleurer après ?

La stupidité de ma question m'apparut à la seconde où elle franchit mes lèvres. Ajax King pleurant après un orgasme ? C'était aussi risible que d'imaginer mon père nommé Premier ministre.

Grâce au ciel, Ajax ne rit pas.

— Non. Mais je sais que cela arrive à certaines personnes.

— Eh bien, je ne veux pas que ça m'arrive à moi !

Et cela ne m'arriverait pas. Réussir à ne pas pleurer était ma seule victoire, la seule chose que mon père n'avait jamais eue à me reprocher.

Pleurer devant Ajax serait l'échec de trop.

Je cillai farouchement et fixai mes mains.

— Je suis désolée d'avoir cassé l'ambiance. Je ne vous en voudrai pas si vous ne voulez pas continuer.

Il me saisit le menton entre ses doigts puissants pour m'obliger à le regarder.

Il s'était levé et se penchait vers moi, ses yeux d'un bleu intense rivés aux miens.

— Vous n'avez rien cassé, Imogen. Pleurez si vous en avez envie. Criez, même ! Les émotions ne me gênent pas. Je baiserai avec vous de toute façon, si c'est ce qui vous inquiète.

Les mots parvinrent à mon esprit comme une succession de petits chocs. Son regard sur moi était franc, direct. Et je compris soudain pourquoi. Il ne me jugeait pas. Avec lui, j'avais le droit d'être moi-même, sans en redouter les conséquences.

Un poids dont j'ignorais complètement l'existence dans ma poitrine s'envola subitement. Comme si l'on venait de retirer une énorme pierre.

Je pouvais pleurer. Crier. Je pouvais poser trop de questions. Bouger. Parler trop. Faire ce que je voulais.

J'avais le droit d'être moi-même, ce n'était pas grave.

Parce qu'Ajax ne me reprocherait jamais de le décevoir.

Tu ne te sentiras jamais prise en faute. Pas ici. Pas avec cet homme.

Une larme glissa le long de ma joue. Puis une deuxième, une troisième. Et, pour la première fois depuis des années, je n'essayai pas de les retenir, ni de les ravaler, ni de parler à tort et à travers pour m'empêcher de penser à cette douleur lancinante au fond de moi.

Je les laissai couler.

Il n'y avait aucun signe d'impatience, d'agacement ou de reproche sur le visage d'Ajax. Ni ce mépris glaçant que j'avais lu si souvent dans les yeux de mon père. Il me laissait vider mon cœur.

Au bout d'un long moment, l'étreinte de ses doigts sur mon menton se resserra et il se pencha pour m'embrasser.

Je sentis sur mes lèvres le sel de mes larmes associé à cette saveur sombre et riche qui était la sienne et soudain, je fus affamée de tendresse, d'amour et de passion. Affamée comme je ne l'avais jamais été de ma vie.

Il me renversa sur le lit en basculant avec moi. Il était lourd, solide, tout en muscles, et si chaud que j'avais l'impression de brûler.

J'aimais le poids de son corps sur moi.

Je me cambrai contre lui, écartant spontanément les jambes pour l'accueillir, et nouai les bras autour de son cou. Je l'embrassai ardemment, comme si le lendemain n'existait pas et le passé non plus, comme s'il n'y avait que l'instant présent. La saveur d'Ajax sur mes lèvres, dans ma mémoire, à jamais.

Il me rendit mes baisers, mordillant ma lèvre inférieure, la léchant, la mordant de nouveau. Exigeant, conquérant. Et je le laissai me conquérir.

Nos baisers se faisaient de plus en plus désespérés, nos respirations de plus en plus haletantes.

Il se détacha de moi et se mit à genoux, chevauchant mes hanches, puis il empoigna son T-shirt et le retira en un mouvement fluide incroyablement sexy. La vue de son torse me coupa le souffle.

C'était une œuvre d'art. Chacun des muscles qui

sculptaient son corps magnifique était souligné par les tatouages les plus incroyables qu'il m'ait été donné de voir. Des lignes noires abstraites couraient le long de son torse, de ses épaules et de ses bras, sinuant le long de ses hanches étroites, vibrant à chaque flexion, à chaque mouvement, comme une matière vivante.

Je me redressai, haletante, pour toucher son ventre. Il était chaud, bardé de muscles durs. Je sentis ses abdos se contracter sous mes doigts, un aperçu de la puissance enfermée à l'intérieur de ce corps splendide.

Avide de l'explorer, je remontai vers ses pectoraux. La fine toison qui les couvrait ajoutait à mon excitation. J'inclinai mon visage, effleurant son ventre de mes lèvres, m'imprégnant de sa chaleur et de son odeur boisée, épicée. Puis je le léchai et savourai le goût salé de sa peau.

Il frissonna, attisant mon désir. Je le léchai de nouveau mais il me plaqua sur les draps et je cessai de contrôler quoi que ce soit, tandis qu'il m'arrachait mes vêtements.

J'avais toujours pensé qu'il s'agissait d'une image inventée par les romanciers, mais non. Il déchira littéralement mon T-shirt en deux et l'envoya voltiger, avant de faire subir un sort identique à mon soutien-gorge. Mon pantalon de yoga et ma culotte suivirent le même chemin et je me retrouvai nue au milieu du lit.

Il marqua un temps d'arrêt. Son regard étincelant électrisait chaque parcelle de mon corps. J'aurais pu être gênée car personne ne m'avait vue nue depuis l'enfance, mais je n'y pensais même pas. Tout ce que je voulais, c'était lui, nu comme moi, sa peau contre la mienne.

— Ajax ! suppliai-je d'une voix rauque.

Il continua à me fixer de ce regard intense, indéchiffrable. Puis il défit lentement les boutons de son jean.

Trop lentement.

Je me redressai pour le faire moi-même, mais il repoussa mes mains.

— Allonge-toi !

Sa voix était sombre, autoritaire.

— Attends patiemment et tu auras ce que tu veux.

J'obéis.

En temps normal, j'avais déjà du mal à tenir tranquille, mais en cet instant, alors que le désir grondait en moi comme un animal affamé, cette immobilité forcée était une forme de supplice.

Avec une lenteur insupportable, Ajax défit les boutons de son jean et écarta le tissu. Je vis la longue barre dure de son sexe sous le tissu noir de son boxer.

Mon pouls s'accéléra et ma respiration resta suspendue un instant.

Dieu. Il était énorme.

J'esquissai un geste pour le toucher, mais il recula d'un mouvement vif. Il se débarrassa alors de son jean et du reste de ses vêtements.

Je battis des cils, subjuguée par sa beauté virile. Toute cette musculature. Toute cette puissance…

Et son sexe large, épais, dressé contre son ventre

plat. Je voulais le toucher, l'explorer, découvrir s'il était aussi dur et doux qu'il en avait l'air.

Il ne m'en laissa pas le temps. Il revint vers moi et s'allongea sur moi, m'enfonçant au milieu des draps.

Le contact de sa peau nue me fit frémir de plaisir… Je ne me sentais ni écrasée ni étouffée par son poids. Je me sentais ancrée. Protégée.

L'enlaçant de mes bras, je caressai son dos en savourant la flexion de ses muscles sous mes paumes. Son sexe se pressait sur le mien.

C'était fabuleux…

Il déposa une pluie de baisers sur ma joue, ma gorge, léchant et mordillant chaque centimètre de peau comme si j'étais un festin dont il ne pouvait se rassasier.

Je haletais de désir quand il atteignit mes seins, en taquina les mamelons avec sa langue, puis les suça longuement l'un après l'autre, jusqu'à ce que je me cambre. Sa bouche était chaude, délicieuse. Le contact de ses dents me fit gémir.

Ses grandes mains glissèrent ensuite le long de mes hanches et de mes cuisses, qu'il écarta d'un mouvement irrésistible d'un érotisme torride. Puis son souffle descendit sur mon ventre et sa bouche alla effleurer la peau sensible de l'intérieur de mes cuisses.

Oh ! mon Dieu, il n'allait pas faire ce que je pensais… ?

Je me redressai sur les coudes pour regarder. Il était agenouillé entre mes jambes et son visage avait une expression de prédateur affamé qui me coupa le souffle.

— Qu'est-ce que vous faites ? balbutiai-je comme il glissait les mains sous mes fesses pour me soulever.

Il fixa sur moi son regard fascinant et le sourire le plus sexy que j'aie jamais vu releva le coin de ses lèvres. Puis, sans plus attendre, il enfouit son visage entre mes cuisses et le monde autour de moi disparut dans une explosion de plaisir.

Je criai tandis que sa langue s'insinuait dans mes replis intimes, les léchant, les explorant. J'avais vu ce genre de scène dans les vidéos interdites, mais je n'avais jamais imaginé que le plaisir puisse être aussi intense. Puis l'une de ses mains changea de place, son pouce trouva mon clitoris et je me soulevai d'extase sur le lit.

Oh ! Dieu ! Oh ! Dieu ! Il n'y avait pas de mot pour décrire ce que je ressentais.

Délicatement, il sépara les pétales de mon intimité avec ses doigts pour permettre à sa langue de m'explorer encore plus profondément et ses murmures de contentement, qui remplirent alors la pièce, m'embrasèrent tout entière.

J'enfouis mes doigts dans ses cheveux pour m'agripper à quelque chose pendant qu'il m'emmenait toujours plus haut. Chaque caresse de sa langue était un sillon de feu et la pression de son pouce sur mon clitoris se révélait presque insupportable.

L'orgasme surgit soudain et le plaisir me désintégra comme une bombe. Je criai alors que l'extase me submergeait.

Je retombai ensuite sur les draps, tremblante, le cerveau vide. Je sentis qu'il bougeait, puis j'entendis le bruit d'un tiroir qu'on ouvre et le froissement d'un emballage.

Un préservatif. Cela voulait dire…

Il revint vers moi et me couvrit de nouveau de son corps. Je m'obligeai à ouvrir les yeux et croisai son regard bleu glacier fixé sur moi, intense.

Sans cesser de me regarder, il se positionna, le bout de son sexe contre l'entrée du mien. Glissant une main sous ma cuisse, il souleva ma jambe et la passa autour de sa taille pour m'ouvrir à lui. Puis il entra lentement en moi et je sentis une pression inconnue qui me coupa le souffle. Je m'agrippai à ses épaules.

Je m'attendais à avoir mal mais ce ne fut pas le cas. Il y eut juste un pincement étrange qui me fit me raidir pendant un moment avant que la sensation ne disparaisse. Puis il n'y eut plus que lui à l'intérieur de moi, dur, énorme, si envahissant que je pouvais à peine respirer.

Il inclina son visage et parvint jusqu'au petit creux sensible entre mon épaule et mon cou, où ses dents s'enfoncèrent. Au même instant, il se poussa en moi très loin et je restai pantelante, immobile, tremblant sous cette intense pression.

C'était incroyable…

Il me mordit de nouveau et recula lentement avant de se pousser une nouvelle fois en moi en un mouvement lent et puissant.

Je fermai les yeux. Des gémissements s'échappaient de ma gorge sans que je puisse les contrôler.

Il était partout, en moi, autour de moi. J'avais sa

saveur sur mes lèvres, son odeur sur moi. Je me noyais en lui et ne voulais surtout pas être sauvée.

Il commença à aller et venir en moi, chaque coup de reins intense et brutal. Il ne tenait manifestement aucun compte de mon inexpérience.

Il n'avait pas menti lorsqu'il avait dit tout à l'heure qu'il n'était pas un amant doux et prévenant.

Mais ça m'allait. Je lui avais répondu que j'avais peut-être envie que ce soit rude et sauvage et, si c'était ce que je vivais en ce moment, j'aimais ça.

Rectification : *j'adorais* ça.

Je n'avais conscience que de la pression intense et du plaisir qui commençait à monter en moi. Je passai l'autre jambe autour de sa taille et tentai d'instinct d'aller au-devant de lui, d'augmenter les chocs répétés de nos deux corps.

Il gronda contre mon cou, répondant à ma demande silencieuse en accélérant le rythme.

J'enfonçai mes ongles dans son dos, haletante, tandis que le plaisir s'intensifiait, et je nouai plus étroitement mes jambes autour de ses reins.

Il n'existait plus rien d'autre que les sensations qu'il me procurait. Rien d'autre que lui et le plaisir qu'il m'offrait. C'était le paradis.

Il accéléra encore en poussant plus fort, plus loin. Je m'agrippai à son dos. Le désir devenait presque insupportable.

— Ajax !

Je me tordais sous lui, sourde et aveugle à tout ce qui m'entourait, ne pensant qu'au désir au fond de moi, au plaisir qui me submergeait, presque effrayant par son intensité.

— S'il vous plaît… S'il vous plaît…

— Regarde-moi, ordonna-t-il de sa voix sombre et impérieuse. Regarde-moi, Imogen.

J'obéis et le choc de ses yeux dans les miens me fit ressentir comme un impact physique.

Il se poussa plus fort. L'extase s'enroulait en moi comme un ressort, me donnant l'impression d'être tout à la fois fragile et forte.

Puis il faufila ses doigts entre nos deux corps et chercha mon clitoris douloureux, pour le pincer doucement.

Cette minuscule pression suffit à me faire basculer.

Le ressort à l'intérieur de moi se détendit brutalement dans une explosion de plaisir incandescent qui me submergea et m'engloutit.

Seul le bleu de ses yeux m'empêcha de disparaître à jamais.

11

Ajax

Je vis l'instant précis où elle atteignit l'orgasme. Un flash couleur émeraude étincela dans son regard. Alors je pressai ma bouche sur la sienne pour cueillir sur ses lèvres son cri d'extase.

Elle était chaude et souple contre moi, un exquis mélange de roses, de musc et de frissons.

J'aurais dû me montrer plus doux, mais ses gémissements de plaisir et l'étreinte de ses cuisses autour de ma taille me laissaient penser qu'elle pouvait supporter ce que je donnais.

Et je donnais tout, sans retenue, l'écrasant sous moi tandis que je cherchais à faire renaître sa flamme. Mais mon ex-petite vierge ne voulait pas me laisser partir sans elle. Elle continuait à bouger en gémissant, elle ondulait, me laissant savoir sans aucune ambiguïté qu'elle se préparait à avoir un autre orgasme.

Combien de temps allais-je pouvoir résister ?

Mon sexe était douloureusement tendu, chaque

poussée dans sa chaleur humide m'obligeait à serrer les dents pour ne pas perdre le contrôle.

Je n'avais jamais eu ce problème auparavant. Je savais parfaitement retarder mon plaisir aussi longtemps que je le voulais. Mais cela semblait impossible avec cette petite sirène.

Sa façon de s'agripper à moi, d'enfoncer ses ongles dans ma chair et de me regarder droit dans les yeux, avec ses iris qui formaient un fin cercle émeraude autour de ses pupilles dilatées, comme si j'étais le centre du monde. Tout en elle brisait mes défenses.

Elle n'avait pas peur de moi. Elle se moquait de ma réputation et de mon passé. Elle vivait le moment présent et s'offrait à moi sans réserve. Confiante, avide d'apprendre. Peut-être parce que c'était sa première fois et que tout était une découverte pour elle.

Je ne savais pas pourquoi c'était aussi excitant, mais je n'avais jamais vécu un truc pareil.

Je ne me souvenais pas de ma première fois, seulement que j'étais très jeune à l'époque. En revanche, je me rappelais bien Julie, une strip-teaseuse qui travaillait dans un salon de massage que fréquentait mon père. Elle me trouvait à son goût, c'était réciproque. Nous montions dans sa chambre, elle me donnait du plaisir et elle me montrait comment en donner à une femme.

Je trouvais cela infiniment agréable et pourtant, cela n'avait rien à voir avec ce que je découvrais aujourd'hui avec Imogen.

Cette constatation me troublait et me donnait envie de résister.

J'essayai donc de lutter, mais le contact de cette peau douce, la façon dont elle contractait son sexe autour de moi… C'était trop.

L'orgasme monta de mes reins comme une flèche de feu et me calcina tout entier. Je plantai mes dents dans son épaule sans parvenir à m'empêcher de trembler.

Pendant un moment, je perdis notion de ce qui m'entourait. Je repris contact avec la réalité en sentant ses mains me parcourir les épaules et le dos.

Bon sang, qu'est-ce qui s'était passé ? Je n'avais jamais eu un orgasme d'une telle intensité – avec personne.

Imogen émit une petite plainte impatiente, son souffle très doux contre ma gorge. Je me retirai et ajustai mon poids pour ne pas peser complètement sur elle. Puis je la regardai.

Ses joues étaient empourprées, ses yeux avaient la couleur du feuillage au printemps. Un voile de sueur mouillait son front et luisait dans le creux de sa gorge. Ses cheveux couleur d'or pâle étaient emmêlés, sa bouche adorable meurtrie par mes baisers…

Elle avait l'air ravagée par l'amour, et si belle que j'en restai pantelant.

— Est-ce que ça va ? demandai-je enfin d'une voix rauque.

Elle se mit à rire.

— C'était complètement ouf ! Est-ce que c'est toujours comme ça ?

Son visage avait une expression émerveillée. Plus aucune trace des larmes qu'elle avait versées tout à l'heure.

— Pas toujours, mais parfois.

Je choisis d'ignorer le fait que cela n'avait jamais été comme ça, du moins pour moi.

— Enfin, rarement, nuançai-je néanmoins.

— Alors j'ai de la chance d'avoir eu droit à l'un de ces moments rares !

Elle glissa les mains de mon dos vers mon torse, dessinant mes pectoraux, puis descendit vers mes abdominaux en une caresse délicate et légère.

— C'est grâce à vous… Vous êtes incroyable !

Elle n'allait pas me prendre pour un dieu sous prétexte que je l'avais laissée pleurer et que je l'avais fait jouir deux fois !

— Ce n'est que du sexe, gamine. Ce n'est pas comme si je guérissais le cancer.

Elle ne parut pas se formaliser de cette réponse trop sèche et un sourire espiègle fleurit sur sa bouche adorable.

— Pas si sûr ! Quand il est aussi génial, le sexe peut sûrement accomplir des miracles !

Cette fille était unique, décidément…

Tout à l'heure, elle avait pleuré et son chagrin avait laissé deviner une histoire qui n'allait sûrement pas me plaire ; maintenant, elle était blottie sous moi, sensuelle, chaude et douce, et elle flirtait comme si elle vivait ce genre de situation tous les jours.

Comme si elle n'avait pas été retenue de longues années prisonnière par son père puis déflorée sans ménagement par le pire ennemi de celui-ci sans aucun égard pour son innocence.

Oui, elle était unique et cela pourrait devenir un problème.

Attention. Si tu n'y prends pas garde, elle va t'entortiller dans ses filets avant que tu aies eu le temps de comprendre ce qui t'arrive.

Sans écouter cette voix de la raison, je repoussai doucement une mèche d'or collée à son front.

— Peut-être que je n'y suis pour rien. C'est peut-être toi qui es magique.

Son sourire s'élargit et elle posa les paumes sur mon torse, montrant une fois encore qu'elle aimait le contact de ma peau.

— Hé, c'est vrai, qui sait ? N'empêche que je vous trouve incroyable !

Elle descendit ses mains jusqu'à mon ventre.

— On peut recommencer, s'il vous plaît ? S'il te plaît…

Voilà qu'elle me tutoyait à présent ! Je n'avais rien contre. Tout comme ça ne me dérangeait pas de recommencer. De mon côté, je n'en étais encore qu'au stade de l'échauffement. Et puis, je lui avais promis de lui donner tout ce qu'elle voulait, non ?

Demain, il serait toujours temps de réfléchir aux conséquences de ce que j'avais fait et de prendre les mesures adéquates.

— Tout dépend de toi. Tu te sens comment ?

Je la caressai en m'attardant sur la courbe douce de ses seins, sur ses hanches épanouies, sur la chaleur humide entre ses jambes.

— Pas trop endolorie ?

Elle frissonna et ouvrit les cuisses pour me livrer accès.

— Pas du tout, je… *Oh* !

Elle retint son souffle quand je taquinai doucement son clitoris du bout du doigt. Elle ferma les yeux et se cambra.

— Ajax… C'est si bon…

Sa façon de prononcer mon prénom et de se livrer entièrement devenait une drogue. Je ne voyais pas comment il serait possible de me rassasier d'elle un jour.

— Je reviens, murmurai-je en me levant.

Je me dirigeai vers la salle de bains attenante pour retirer le préservatif.

Une minute plus tard, j'étais de retour et elle m'ouvrit ses bras comme si nous étions amants depuis des années, et pas depuis une demi-heure seulement.

Pour une raison que je ne m'expliquai pas, une sensation bizarre, comme une oppression, m'envahit.

Je m'allongeai à côté d'elle avant de la couvrir de nouveau de mon corps. Elle posa aussitôt les mains sur mes épaules et me caressa comme si elle avait tous les droits de me toucher à sa guise.

Ça aussi, c'était torride.

— Comment vas-tu faire pour ton plan ? murmura-t-elle. Je veux dire, maintenant que j'ai été dévirginisée ?

— Je vais trouver une solution, éludai-je.

Je n'avais aucune envie d'en parler maintenant.

Il y eut un silence.

Elle caressa les lignes sur mon pectoral gauche.

— Tes tatouages sont incroyables. Ils ont une signification ?

Ils suivaient chacun de mes muscles, dont ils semblaient décupler la puissance. Mon père les avait détestés, une raison supplémentaire pour moi de les adorer. Ils étaient une déclaration de guerre silencieuse, l'affirmation que je n'étais pas sa marionnette, contrairement à ce qu'il croyait.

Je me contentai de hausser les épaules.

— Non, rien de particulier. Ils sont l'œuvre d'un ami artiste.

— Ils me plaisent.

Elle fit glisser ses doigts le long de mon flanc avec une expression fascinée.

— C'est douloureux ? Tu crois que je pourrais essayer ? Quelle partie du corps est la moins sensible ?

— Tu poses beaucoup de questions. Quel est le problème ?

Ses doigts s'immobilisèrent sur ma peau et elle baissa les yeux avec un soupir.

— Je… J'ai du mal à me taire quand un sujet m'intéresse.

J'observai son visage adorable.

— Pourquoi devrais-tu te taire ?

— Parce que j'ennuie tout le monde. Je suis incapable de rester assise sans bouger plus de deux minutes et je peux être un vrai moulin à paroles. J'essaie de me contrôler, mais c'est difficile.

Elle marqua un temps d'arrêt, l'attention toujours rivée sur les lignes noires de mes tatouages.

— Mon père ne supporte pas que je parle à tort à travers et… j'évite de le contrarier.

Son visage s'assombrit et le vert magnifique de ses yeux se voila.

— Pourquoi ? Il te ferait quoi ?

Mon instinct protecteur, qui s'était réveillé, durcissait ma voix.

— Tu m'as dit qu'il ne t'avait jamais fait de mal.

— C'est vrai. Mais il y a toujours un prix à payer quand on lui désobéit.

— Lequel ?

Ma question avait fusé avec brutalité, mais je ne me souciais pas de mettre les formes. William White n'avait peut-être pas frappé physiquement sa fille, mais il l'avait blessée.

Elle soupira.

— Il y a un an, j'ai décidé de mener une vie à peu près normale. Enfin, la plus normale possible, disons, étant donné que j'avais des gardes du corps vingt-quatre heures sur vingt-quatre, sept jours sur sept. Je me suis inscrite à l'université et je me suis entichée d'un étudiant de mon cours d'histoire. Nous avons sympathisé, lui et moi, et je lui ai demandé s'il voudrait aller boire un verre avec moi un soir. Il a accepté. Je l'ai attendu près d'une heure à la terrasse du café où nous avions rendez-vous, mais il n'est jamais venu. Le lendemain, j'ai lu dans le journal qu'un étudiant avait été agressé et laissé pour mort dans une ruelle, près du lieu de notre rendez-vous.

Elle prit une respiration hachée.

— J'ai compris tout de suite qu'il s'agissait de Cam et que c'était mon père qui lui avait fait cela. Il m'avait dit de garder mes distances, de ne pas parler à n'importe qui, mais je… je suppose que je n'ai pas cru qu'il pourrait s'en prendre réellement à quelqu'un à cause de moi.

Une lueur torturée passa dans ses yeux.

— Cam a failli mourir par ma faute. J'aurais dû écouter mon père, me souvenir de son avertissement.

Ses lèvres tremblèrent.

— Mais j'étais tellement excitée à l'idée de sortir avec lui que j'avais oublié.

Ma colère enfla en percevant la culpabilité dans sa voix.

— Ce n'était pas ta faute, déclarai-je. C'est ton père le responsable, pas toi.

— Justement ! Sachant de quoi mon père était capable, je n'aurais pas dû mettre stupidement Cam en danger.

Elle déglutit.

— On m'avait pourtant assez répété que je devais apprendre à me tenir ! Mais c'est comme ça, je ne provoque que des drames.

Ses problèmes avec son père ne me regardaient pas. Cette fille était mon otage, rien d'autre. Et pourtant, la souffrance dans sa voix heurtait une zone sensible quelque part au fond de moi, comme une ancre qui bute contre un rocher.

Était-ce lié à ses larmes de tout à l'heure ? Au fait qu'elle ait essayé de les réprimer parce qu'elle s'interdisait de pleurer ?

— Quels drames ? demandai-je d'une voix âpre et sèche qui ne tolérait aucun refus.

Sa bouche se pinça en un pli têtu.

— Quel intérêt pour toi ? Après tout, ce sont mes affaires, pas les tiennes.

Je lui saisis le menton pour l'obliger à me regarder.

— Je suis curieux, Imogen. Et tu sais ce que c'est qu'être curieux, non ?

Elle exhala un soupir contrarié et des éclats de colère dansèrent dans ses yeux verts.

Tant mieux. Je la préférais en colère que triste et malheureuse.

— Ma mère est morte à ma naissance, me répondit-elle après un silence. Mon père dit que c'est ma faute et que je ne pourrai jamais réparer ce que j'ai fait. Que… Que je suis trop émotive, trop impulsive, que je lui fais honte et… et qu'il aurait préféré que ça soit moi qui meure.

Nom d'un chien !

— Ne me dis pas que tu as cru à son délire ?

La ligne têtue de sa bouche s'adoucit et devint plus vulnérable.

— C'est mon père.

Une lueur tourmentée vacillait dans ses yeux verts.

— Je n'ai que lui au monde.

Ça ne te rappelle pas quelqu'un ?

Bien sûr. Mais moi, je m'étais imposé à moi-même mon isolement, alors qu'Imogen l'avait subi. Elle avait tenté pendant toute son enfance de se faire aimer d'un homme qui se moquait complètement de ce qu'elle ressentait.

Pauvre gamine ! Pas étonnant qu'elle n'ait pas eu peur d'être kidnappée. Sa mère était morte en couches et son père l'avait rejetée de la pire des façons.

Je lui caressai la joue.

— Moi, je suis là maintenant. Et je me fiche que tu sois émotive ou impulsive, ou je ne sais quelle connerie. Tu peux être toi-même avec moi, Imogen.

Une tempête d'émotions passa à toute vitesse sur son visage.

— Parce que je ne compte pas pour toi, c'est ça ?

Je notai avec stupeur la note d'espoir dans sa voix.

— Tu ne veux pas compter pour moi ? répétai-je lentement. Pourquoi ?

— Comme ça, je suis sûre de ne pas te décevoir.

Comme elle avait déçu son père ?

— Tu ne me décevras pas. Quoi qu'il arrive.

Ses joues se colorèrent et son regard vacilla.

— Si, un peu quand même. Tu as été déçu que je n'aie pas peur de toi.

— Disons que c'est l'exception.

— Et que je monte dans tes appartements.

— Disons que c'est la deuxième exception.

— Et que je pose toutes sortes de questions embarrassantes.

— Tes questions ne sont pas un problème pour moi.

Un soupir gonfla sa poitrine.

— Ne cherche pas à me protéger, Ajax. On fait des choses qu'on ne devrait pas faire quand on s'inquiète pour quelqu'un.

Elle avait raison, impossible de prétendre le contraire. J'en avais eu la preuve par deux. J'avais commis un tas de choses terribles dans ma vie.

Comme laisser tes frères se faire torturer et manipuler ?

Bon Dieu ! Je n'avais pas besoin de ce rappel à l'ordre maintenant.

— Aucun risque ! assurai-je froidement. Je me moque éperdument de ce qui peut t'arriver.

Je resserrai l'étau de mes doigts sur son menton.

— Je suis un monstre, gamine. Et les monstres ne se soucient de personne.

12

Imogen

Je plongeai mon regard dans celui d'Ajax et une émotion me saisit à la gorge.

Pensait-il réellement ce qu'il venait de dire ? Se voyait-il vraiment comme un monstre ?

Je connaissais des monstres – ou, tout au moins, j'en connaissais un : mon père – et Ajax ne lui ressemblait pas du tout. Ils n'avaient rien en commun.

La nuit de mon enlèvement, mon intuition m'avait soufflé qu'Ajax King n'était pas un homme dont je devais avoir peur, et depuis, il n'avait cessé de m'en apporter des preuves.

D'ailleurs, je ne l'aurais jamais laissé me toucher si j'avais eu peur de lui. Et je ne serais pas nue dans son lit en ce moment.

Il possédait un instinct protecteur très puissant, je sentais cela au plus profond de moi. On lui prêtait la réputation d'un être froid et sans pitié, et peut-être l'était-il, mais il ne s'attaquait pas aux personnes vulnérables.

J'étais la fille de son ennemi et il m'avait surprise

en train de fouiner dans ses affaires. Il aurait pu réagir violemment, mais il s'était contenté de me gronder.

Un monstre n'aurait pas agi ainsi.

Tu ne le connais pas. C'est peut-être un monstre d'un genre différent.

Possible. Mais alors c'était un monstre d'une espèce fascinante et terriblement séduisante.

Des rumeurs couraient sur lui. On le disait intraitable en affaires et impitoyable avec ses adversaires. Tout le monde avait pensé qu'il monterait sur le trône laissé vacant par son père, mais non. En réalité, c'était lui qui avait provoqué la chute d'Augustus King tout en réussissant le tour de force de ne pas être lui-même emporté par le tsunami.

La curiosité grandissait en moi de seconde en seconde.

Comment avait-il réussi à échapper à la justice ? Avait-il bénéficié d'une forme d'impunité pour avoir trahi son père ?

Avec qui viens-tu de coucher ?

Un homme inflexible et dur, mais qui m'avait laissée pleurer contre lui et m'avait affirmé que je ne le décevrais jamais.

Non, ce n'était pas un monstre.

Je lui caressai la joue.

— D'où te vient cette idée saugrenue ? Tu n'as pas eu un comportement monstrueux avec moi.

— Je t'ai kidnappée. Et je vais me servir de toi contre ton père pour parvenir à mes fins.

Il esquissa un sourire de prédateur qui ne transparut pas dans ses yeux.

— Et je me fiche totalement de tes sentiments dans cette affaire.

Je suivis du bout des doigts la ligne de sa mâchoire et descendis ensuite le long de son cou.

— Mais je t'ai dit que je ne voulais pas que tu te soucies de moi.

— Il y a des choses bien plus graves que de ne pas se soucier des sentiments des gens, gamine. Tu devrais le savoir, avec le père que tu as eu.

Je caressai sa gorge et continuai à descendre le long de son torse. Sa toison bouclée et rude me chatouilla les doigts.

— Tu as fait du mal à des gens ? Tu les as frappés, laissés pour morts ?

— Oui.

Sa réponse ne me surprit pas. Le fils d'Augustus King n'était pas blanc comme neige, évidemment. Je continuai à le fixer dans les yeux.

— Des gens innocents ?

Un muscle sauta à la base de sa mâchoire.

— Oui, répondit-il après une légère hésitation.

— Pourquoi ?

— Je devais détruire mon père et j'ai fait ce qu'il fallait pour y parvenir.

Sa voix avait la dureté de l'acier et la froideur de la glace tout à la fois.

— L'interrogatoire est terminé ?

Il n'avait pas envie de poursuivre sur le sujet, mais son impatience ne fit qu'aiguiser ma curiosité. Il avait fait ce qu'il fallait. Que voulait-il dire par là ?

— Pas tout à fait. Je veux savoir…

— Écoute, je préférerais que tu te concentres sur autre chose.

Sur ces mots, il me saisit la main et la posa sur son sexe bandé.

— Sur ça, par exemple.

Zut ! J'avais une foule de questions à lui poser, mais le sentir dans ma main, chaud, doux et dur, brouillait ma concentration.

— Pourquoi n'ai-je pas le droit de te parler de toi ?

— Parce que je l'ai décidé.

Le ton de sa voix était sans appel. Pas de place pour la discussion.

— Et si tu n'es pas d'accord, tu sais où est la porte.

La frustration me donna envie de le prendre au mot. J'aurais adoré me lever et faire une sortie pleine de panache. Mais je ne pus m'y résoudre. Quand aurais-je de nouveau l'opportunité de le tenir comme je le faisais en cet instant ? De l'explorer comme il le souhaitait ? Peut-être jamais…

Je le fusillai du regard.

— C'est déloyal.

Il me fixa sans fléchir.

— Vas-y, mets-toi en colère ! Montre-moi de quoi est capable une Imogen en rogne.

— Une Imogen en rogne pourrait te planter là avec ton érection !

— Eh bien, fais-le ! lança-t-il d'un ton de défi. Qu'est-ce qui t'en empêche ?

Je réalisai subitement que je pouvais me mettre en colère, crier, hurler, claquer la porte si je voulais. Cela n'aurait pas de conséquence, parce qu'il n'y avait personne pour me punir ou se venger sur un innocent.

Il n'y avait qu'Ajax, et il s'en moquait.

Un sentiment d'euphorie m'envahit. Était-ce cela, la liberté ?

Je plongeai mes yeux au fond des siens tout en passant le pouce sur le bout de son sexe. Je n'avais aucune idée de ce que je faisais, mais cela m'était complètement égal.

— Tu veux me tester ? demandai-je d'un ton suave.

— La vache, jura-t-il en serrant les dents.

J'écarquillai les yeux. Tous ses muscles étaient contractés.

Oh mon Dieu. Je lui avais fait mal ?

— Désolée, balbutiai-je. J'ai été trop brutale ?

— Bon Dieu, non !

La flamme dans ses yeux brûla encore plus fort.

— Recommence. Plus fort. Et ne t'avise plus jamais de t'excuser !

Je cessai de respirer. Je m'excusais trop ?

Bien sûr que oui. Mais tu n'as pas à t'en inquiéter avec lui ni à contrôler ton impulsivité. Il peut gérer. Parce qu'il se moque de tes défauts.

Je serrai plus fort mes doigts autour de lui sans le quitter des yeux, regardant le plaisir tendre ses traits et attiser la flamme de son regard.

Puis je frottai de nouveau le pouce sur l'extrémité arrondie de son sexe. Elle était humide et le devenait de plus en plus. Intéressant. Je le lâchai et portai mon pouce à mes lèvres pour le goûter.

Il avait une saveur salée à la fois masculine et indéfinissable, délicieuse.

Il suivait chacun de mes mouvements d'un regard brûlant, et je sentis mon pouvoir sur lui en même temps que je percevais sa force.

Rien ne pouvait entamer cet homme ni lui faire mal. C'était un roc.

L'adrénaline pulsa dans mes veines et, sans réfléchir à ce que je faisais, je l'enfourchai. Agrippant ses épaules, je l'embrassai à pleine bouche, avec toute la passion qui couvait en moi.

— Oui, gronda-t-il contre mes lèvres. Lâche-toi. Montre-moi de quoi tu es capable.

Obéissante, je laissai alors mon désir s'exprimer sans frein. Je l'explorai, le goûtai, le caressai. Je découvris ce qu'il aimait – tout – et quelles étaient ses limites : aucune.

Son contrôle semblait sans fin malgré tous mes efforts pour le faire craquer. Il gronda, jura. Je le fis trembler, haleter, serrer les dents. Mais à aucun moment il ne me demanda d'arrêter.

Je me sentais incroyablement libre. Ivre de son corps, de son odeur, du goût de sa peau.

C'était l'expérience la plus extraordinaire de toute ma vie.

Nous tremblions tous les deux quand je déchirai finalement l'étui du préservatif et le déroulai sur lui, lui arrachant d'autres jurons étouffés.

Mais il resta immobile quand je le chevauchai, posant seulement ses mains sur mes hanches pour me stabiliser tandis que je me laissais glisser lentement le long de son sexe bandé.

Je savourai la tension et la brûlure de sa présence en moi, la façon dont il me fixait de son regard bleu, les mâchoires serrées, le corps tendu comme un ressort remonté à bloc.

— Vas-y, ordonna-t-il d'une voix rauque. Chevauche-moi comme une amazone.

Une amazone, oui. C'était ce que j'étais. Pas une gamine.

Son amazone.

Basculant la tête en arrière, je lui obéis et il me montra le chemin. Puis il lâcha les rênes et je galopai, libre, sauvage, jusqu'à ce que nos corps ruissellent de sueur et que ses halètements de plaisir se mêlent à mes cris de délice.

Jusqu'à ce qu'il me saisisse brutalement entre ses mains, me faisait crier d'extase pendant qu'il grondait mon prénom, nos voix remplissant le silence de la chambre.

Ensuite il me fit basculer doucement sur le matelas et m'attira contre lui.

— Dors, me murmura-t-il à l'oreille. Tu l'as bien mérité.

Il était chaud et je me sentais en sécurité contre lui. Sans même m'en rendre compte, je sombrai comme une pierre dans le sommeil.

À mon réveil, je ne savais plus où j'étais. Je tâtai les draps près de moi et constatai que j'étais seule dans le lit.

J'ouvris les yeux en me demandant pourquoi je me sentais abandonnée.

Puis je me souvins.

Ajax.

Le plaisir m'envahit comme une petite vague délicate qui me rappela cette nuit et tout ce que nous avions fait ensemble. Tout ce que j'avais fait. Mon corps était délicieusement rompu, mes muscles douloureux à des endroits inhabituels, en particulier entre mes jambes.

Mais ce n'était pas une douleur désagréable. En fait, c'était un rappel troublant qui faisait renaître en moi une faim dévorante.

Était-il normal de ressentir à nouveau du désir après une nuit aussi torride ?

J'avais les sourcils froncés quand Ajax sortit de la salle de bains, vêtu d'un jean taille basse, torse nu, un T-shirt noir à la main.

— Bonjour, petite, dit-il de sa voix sombre et rauque. Qu'est-ce qui me vaut cette mine renfrognée ?

Je l'observai sans répondre. Il venait sûrement de prendre une douche parce qu'il avait la peau encore humide par endroits. Une goutte d'eau glissa le long de ses pectoraux et descendit vers les lignes fermes de ses abdominaux.

Je m'humectai les lèvres. J'avais envie de lécher cette gouttelette… et tout le reste de son corps.

— Je me suis réveillée et tu n'étais pas là, dis-je sur un ton de reproche.

Une flamme s'alluma dans ses yeux tandis qu'il croisait mon regard appréciateur.

— Je suis allé me doucher. Je dois aller travailler.

Je m'assis dans le lit avec une moue dépitée.

— Pourquoi ne m'as-tu pas réveillée ? On aurait pu la prendre ensemble.

— Tu dormais trop bien.

Il me rejoignit et repoussa avec douceur une mèche de mes cheveux derrière mon oreille. Je frissonnai au contact de ses doigts.

— Tu veux ton petit déjeuner ?

— Au lit ? demandai-je joyeusement.

— Bien sûr.

— Avec toi ?

La flamme dans ses yeux vacilla et il laissa retomber sa main.

— Pas ce matin.

La déception me serra la gorge.

— Pourquoi ? Je ne te retarderai pas. Je peux manger très vite et…

— Ton père veut te voir, Imogen.

Les mots me lacérèrent comme un coup de fouet. Je n'avais plus du tout envie de petit déjeuner, maintenant.

— Ah…

Le sentiment de bien-être que j'avais ressenti à mon réveil s'était envolé, ne laissant en moi qu'un vide glacé.

Je ne voulais pas voir mon père. Il serait fou de rage et sa fureur ne serait pas dirigée contre Ajax, mais contre moi. Il me reprocherait d'avoir failli à mon devoir, à la dette que j'avais envers lui.

Quelle importance ? Que peut-il te faire maintenant ?

Si, c'était important pour moi. Mon père était une chose, mais je songeais à ma mère. Elle était morte en me donnant la vie et jamais je ne pourrais me montrer à la hauteur de son sacrifice. Cette pensée était très douloureuse. Elle me faisait mal tous les jours.

— Je suis désolé, dit Ajax en m'observant. J'aurais dû te le dire hier soir, mais j'ai été… distrait. Il veut s'assurer que tu vas bien et que je ne t'ai pas touchée.

— Ah… Eh bien ce n'est plus vrai maintenant.

J'éprouvais le besoin irrépressible de bouger. Je rassemblai les draps autour de moi avec l'intention de me lever, mais Ajax me saisit le menton pour m'immobiliser.

— De quoi as-tu peur ? Il ne pourra rien te faire.

J'avalai ma salive, la gorge nouée.

— Je n'ai pas peur.

C'était un mensonge et nous le savions tous les deux.

— Il ne te touchera pas, Imogen. J'y veillerai. Tout ce que tu as à faire, c'est lui dire que tu vas bien, et on repart.

Je n'avais pas peur que mon père m'emmène. Ce qui m'effrayait, c'était de le laisser m'écraser encore une fois de son mépris et d'accepter qu'il me traite comme un vulgaire pion parce que ma dette envers ma mère m'empêchait de me rebeller.

— Et si on tournait une vidéo ? Cela reviendrait au même, non ?

Au moins, dans une vidéo, je ne verrais pas la colère dans ses yeux.

— Non. Il veut te parler face à face. C'est la condition qu'il a mise pour quitter la ville avec ses amis.

Zut !

— Et si je refusais, demandai-je d'un ton faussement léger, il se passerait quoi ?

Le regard masculin se durcit.

— Ton père deviendrait un problème et je serais obligé de prendre des mesures.

Mon cœur se serra.

— Quelles mesures ?

Son visage se ferma.

— Tout dépendrait de son pouvoir de nuisance.

Je déglutis. En fin de compte, je ne tenais pas à savoir en quoi consisteraient ces mesures. Et je ne voulais pas non plus le mettre en situation de devoir les prendre.

— Ne t'inquiète pas, ce ne sera pas nécessaire, assurai-je paisiblement.

Mais son expression ne se radoucit pas.

— Ton père est un criminel, Imogen. Il est une menace pour la ville. Or la sécurité de cette ville et de ses habitants est une priorité pour moi.

La conviction vibrait dans sa voix et je le regardai fixement, incapable de détourner les yeux.

— Pourquoi dis-tu que mon père est une menace pour la ville ?

Il se redressa et devint soudain encore plus grand, plus impressionnant.

— Mon père à moi a commis d'innombrables crimes. Il a tué des gens, il les a volés. Il m'a fallu un temps infini pour mettre ce fils de pute en prison et j'ai passé ces cinq dernières années à éponger le reste des dégâts qu'il a laissés derrière lui.

Une lueur de férocité dansa sous la glace de son regard.

— Personne ne prendra sa place. Je ne laisserai jamais un autre Augustus King voir le jour.

Ce n'était pas simplement une promesse. C'était une déclaration de guerre.

— Waouh ! m'exclamai-je, impressionnée. Tu es une sorte de Batman, alors. Mais pourquoi ?

Sa mâchoire se serra et, l'espace d'une seconde, j'entrevis une rage terrible au fond de lui.

— À ton avis ? C'est mon père qui a failli détruire cette ville.

— Et alors ? Ça ne veut pas dire que c'est forcément à toi de la protéger.

Son visage se ferma.

— Quelqu'un doit le faire.

— Peut-être, mais pourquoi toi ?

— Parce qu'il n'y a personne d'autre.

Il se détourna et enfila son T-shirt, dissimulant ses muscles et ses tatouages magnifiques.

— Reste au lit ! ordonna-t-il en marchant vers la porte. On t'apportera ton petit déjeuner dans dix minutes.

Et il partit, me laissant seule.

13

Ajax

— Ajax ?

La voix glaciale de Leon résonna dans ma boîte vocale.

— Bon sang, qu'est-ce qui se passe ? Le bruit court que tu aurais manigancé un truc tordu avec la fille de William White. J'espère que ce n'est pas vrai. J'attends tes explications. Rappelle-moi !

Il y eut un juron au loin et il me sembla percevoir la voix étouffée de Xander.

— Oui, je sais, entendis-je Leon trancher à l'adresse de son frère. Bon, rappelle-moi, enfoiré ! répéta-t-il à mon intention, avant de couper la communication.

Je reposai mon téléphone sur la table basse, agacé.

J'avais pris soin de leur signaler que j'étais en déplacement d'affaires toute la semaine et que je ne voulais pas être dérangé. Et ils me dérangeaient quand même !

Quant à s'imaginer que j'allais leur donner des explications, c'était vraiment mal me connaître. Je ne m'étais jamais justifié devant qui que ce soit, et ce n'était pas aujourd'hui que j'allais commencer. De toute façon, ils seraient furieux si je les mettais au courant. Alors autant m'épargner une scène.

Moins ils en sauraient, mieux cela vaudrait. En cas de problème, je serais le seul responsable et c'était l'essentiel.

Protéger mes frères était ma seule priorité, depuis toujours. C'était d'abord pour eux que j'avais décidé de détruire mon père.

Il n'empêche que tu ne les as pas protégés quand on leur a fait du mal.

Par nécessité. Je n'avais pas pu sauver Leon quand il avait été enlevé et torturé, ni révéler à Xander que les opérations financières qu'il prenait pour un jeu servaient à blanchir de l'argent sale. J'étais resté spectateur du drame parce que je me serais démasqué en volant à leur secours. Faire tomber Augustus King l'emportait sur tout le reste. Et, au final, mon choix avait sauvé beaucoup de futures victimes.

Bravo, jolie démonstration ! Mais il y a peut-être une autre explication, beaucoup moins flatteuse : tu es un monstre, exactement comme lui, et une partie de toi aime voir souffrir les gens.

Je refusai d'écouter cette voix dans ma tête.

Même si c'était vrai, même si je ressemblais à mon père, quelle importance ? La ville était sauvée, mes frères aussi. C'était la seule chose qui comptait.

Mon téléphone vibra sur la table, m'annonçant un énième message de White sur mon répondeur.

Il voulait savoir quand il pourrait voir sa fille et mon silence le rendait fou.

Tant mieux ! Qu'il s'étouffe de fureur ! Je n'étais pas pressé d'organiser ce rendez-vous, surtout après ce qu'Imogen m'avait révélé sur lui.

Tôt ou tard, je n'aurais plus le choix néanmoins. Je voulais qu'il quitte la ville en faisant le moins de vagues possible. Et il ne bougerait pas tant qu'il n'aurait pas eu cette stupide preuve de vie.

Bien sûr, j'aurais pu refuser. Mais il deviendrait alors un problème et je risquais d'être tenté de recourir à une solution radicale pour l'écarter – ce qui n'était pas forcément une bonne idée non plus.

De la musique résonnait dehors. Un air entraînant, rythmé.

Imogen devait être au bord de la piscine.

Je ne l'avais pas revue depuis deux jours. J'avais réglé la question des faux certificats médicaux, j'avais fait surveiller White pour m'assurer qu'il ne préparait pas un coup tordu et j'avais renforcé la sécurité autour de mes frères et de leurs épouses, tout en gardant un œil sur *King Enterprises*.

Je n'avais pas eu le temps de m'occuper d'Imogen, mais j'avais demandé à la gouvernante de lui fournir un ordinateur avec une connexion Internet puisque mon home cinéma, ma salle de gym et ma bibliothèque ne suffisaient pas à distraire mademoiselle.

Mais manifestement, ce qu'Imogen préférait à tout, c'était nager.

Je me tournai vers la baie vitrée. Une partie de la piscine était visible depuis le salon où je me trouvais.

Elle était debout sur le plongeoir, vêtue d'un

bikini qui devait faire partie des vêtements que j'avais demandé à Mme Jacobs de lui apporter.

Sa peau pâle rayonnait dans la lumière du soleil, ses cheveux ruisselaient sur ses épaules comme de la soie.

Elle était immobile à l'extrémité de la planche telle une danseuse – ou un oiseau sur le point de prendre son envol. Son corps était parfait, tout en courbes délicates, élancé et souple comme une liane.

J'avais cru que quelques heures de plaisir suffiraient à nous satisfaire tous les deux. Elle se vengeait de son père en perdant sa virginité avec son pire ennemi et moi, je cédais enfin à mon désir sans me soucier du reste.

Il n'y aurait pas de conséquences, puisque le problème de sa virginité serait réglé par les faux certificats médicaux.

Nous avions obtenu tous les deux ce que nous voulions, le chapitre était clos.

Sauf que je n'arrêtais pas d'y repenser et que je n'avais qu'une envie : recommencer.

Encore et encore.

Quand elle s'était lâchée au lit, sa curiosité et sa passion s'étaient muées en une force irrésistible, impossible à stopper. Elle m'avait rendu fou.

Jamais je n'aurais imaginé qu'une jeune vierge explorant le corps d'un homme pouvait être aussi torride.

Ses hésitations du début avaient cédé peu à peu la place à une hardiesse et une inventivité incroyables. La regarder s'éveiller à la science amoureuse était l'expérience la plus érotique qu'il m'ait été donné de vivre.

Je l'observai par la fenêtre. La seule vue de son corps presque nu ravivait les images de cette nuit-là et réveillait mon désir.

J'aurais dû aller dans un bar, trouver une femme et baiser avec elle pour me calmer.

Mais je n'en avais aucune envie.

Je ne voulais pas *une femme*. Je voulais *Imogen*.

Elle sauta dans l'eau mais, au lieu de réaliser un plongeon académique, elle replia les genoux sur son ventre, les enserra de ses deux bras et fit une bombe qui souleva une gerbe d'éclaboussures.

Elle réapparut à la surface deux secondes plus tard, riant dans le soleil comme si elle venait de vivre le moment le plus génial de sa vie.

Avant même de m'en rendre compte, je fis coulisser la porte de la baie vitrée et sortis de la maison. La musique était assourdissante.

Imogen nagea jusqu'à l'autre bord, agrippa l'échelle et se hissa hors de l'eau.

Je me dirigeai vers le transat où elle avait posé l'ordinateur et l'ampli et appuyai sur une touche du clavier pour stopper le vacarme.

Elle se retourna, ruisselante.

— Hé, qu'est-ce que…

Elle s'interrompit net en me voyant et cilla.

Son visage rosit de plaisir et un sourire fit resplendir son visage. Ce fut très bref. Elle se rembrunit tout aussi vite et fronça les sourcils.

— Tu m'as évitée !

Son sourire radieux m'avait touché au plus

profond, là où je ne m'y attendais pas. Là où j'étais vulnérable sans m'en rendre compte.

Merde !

Je la fusillai du regard.

— Pourquoi aurais-je fait ça ?

Elle haussa les épaules et glissa les mains dans ses cheveux pour les essorer.

— Je ne sais pas. À toi de me le dire !

Ce mouvement releva ses seins, le tissu mouillé de son bikini se tendit, attirant mon regard sur leur pointe durcie.

Ma gorge se dessécha. Je les avais sucés, léchés, mordillés. Je les avais fait rouler sous ma langue. Elle avait aimé ça. J'entendais encore ses cris de plaisir…

Bon sang, je ne devais plus y penser !

— J'ai été très occupé, grommelai-je, furieux d'éprouver le besoin de me justifier.

— Trop occupé pour venir me dire bonjour ?

Elle avança vers moi, apparemment inconsciente de l'effet que produisait sur moi son bikini trempé.

— C'est nul, Ajax.

Elle croisa les bras sur sa poitrine délectable, m'offrant inconsciemment un répit.

— Je ne demande pas grand-chose, tu sais. Je n'ai pas besoin de fleurs, de chocolats ni même d'une sérénade. Un « bonjour, tu vas bien ? » m'aurait suffi.

Elle redressa le menton.

— Tous les hommes prennent la poudre d'escampette après avoir défloré une fille ?

Là, elle vient de te moucher, mon vieux…

Oui, et ça ne me plaisait pas du tout !

— Tu es mon otage, dis-je froidement. Tu pourrais être au pain sec et à l'eau. Les prisonnières ont rarement à leur disposition un ordinateur, des livres et une piscine !

— Ce n'est pas une raison pour te comporter comme un goujat.

— Je fais ce que je veux. Tu t'attendais à quoi, bordel ?

Elle fixa sur moi un regard aiguisé.

— Ah ! Je viens de comprendre pourquoi tu es en colère ! En fait, tu aurais voulu que ce soit moi qui fasse le premier pas, exact ?

Cette question me prit tellement de court que je ne sus que répondre.

— C'est idiot, parce que, si c'est ce que tu voulais, tu n'avais qu'à me le dire, enchaîna-t-elle. Tu savais où me trouver, non ? Ce n'est pas comme s'il y avait des kilomètres entre nous.

Comme si j'avais attendu qu'elle fasse le premier pas !

Elle a raison.

Pas du tout. Je n'attendais jamais rien de personne. Si je voulais une chose, je la prenais, un point c'est tout.

— Je viens de te le dire, j'ai été très occupé.

Je lui lançai un regard glacial.

— Et je le suis toujours. Alors baisse le son de ta foutue musique pour que je puisse bosser.

Elle me dévisagea, et quelque chose qui ressemblait à de la compréhension passa dans son regard.

— Je vois, dit-elle sans que j'aie la moindre idée

de ce qu'elle voulait dire par là. Mais tu devrais mettre en pratique ton propre conseil.

— Quel conseil ?

— Ce n'est pas toi qui m'as dit qu'il fallait écouter son instinct ?

J'enfonçai les mains dans les poches de mon jean. L'envie de la saisir et de la plaquer contre moi me démangeait terriblement.

— Je ne comprends pas ce que tu veux dire.

Elle poussa un soupir, comme si j'étais obtus, puis franchit la distance qui nous séparait et effleura ma braguette du bout des doigts.

— Tu bandes, Ajax.

Je me figeai. Son contact électrique m'avait coupé la respiration et je dus faire appel à toute ma volonté pour ne pas sortir mes mains de mes poches et la prendre là, au bord de la piscine.

— Je t'ai prévenue que je ne pouvais t'accorder que deux heures de plaisir, articulai-je, dents serrées. J'étais sérieux.

— Mais tu as envie de moi.

Impossible de le nier. Pas alors qu'elle en avait la preuve criante sous les yeux.

— Je t'ai dit aussi que ce que je désirais ou non n'avait aucune importance.

Un petit pli se creusa entre ses sourcils.

— Et je t'ai répondu que c'était absurde. Sérieusement, en quoi coucher avec moi pourrait-il mettre en danger la sécurité de cette ville ? J'ai perdu ma virginité et tu as tout arrangé avec un médecin. Mon père ne le saura jamais. Alors où est le problème ?

Le problème, c'était le piège. Il y en avait toujours un. J'avais appris cette dure leçon aux côtés de mon père et je n'étais pas près de l'oublier.

Si j'avais sauvé mes frères, je me serais trahi et mon père m'aurait éliminé. Il aurait alors régné sur Sydney sans limites et il y aurait eu beaucoup plus de victimes.

Certains sacrifices devaient être consentis et c'était à moi que cela revenait.

Il n'y avait pas de place pour un désir égoïste dans mes plans.

À t'entendre on pourrait te prendre pour quelqu'un de bien.

Je serrai les mâchoires.

— J'ai dit non.

Imogen haussa les épaules.

— Tant pis. Tu ne sais pas ce que tu perds.

Elle passa les mains dans son dos et avant que j'aie compris ce qu'elle faisait, elle dénoua le lien de son bikini.

— Si tu changes d'avis, tu sais où me trouver.

Le petit soutien-gorge tomba sur le sol, libérant ses seins parfaits.

— Je serai dans la piscine.

Elle fit ensuite glisser le bas du bikini jusqu'à ses pieds, l'enjamba et se redressa en me lançant un regard teinté de défi entre ses cils.

— Toute nue.

Puis elle se dirigea vers le bord de l'eau et plongea.

Tout mon corps se contracta pour bondir derrière elle.

L'aplomb de cette femme ! Elle se mettait nue

devant moi et nageait dans ma piscine comme si elle n'en avait rien à faire. Comme si je n'étais pas planté là, crispé par le désir de la toucher partout. Comme si je n'en avais pas envie depuis deux jours.

Comme si je n'avais pas utilisé des prétextes lamentables pour la fuir alors que je n'aspirais qu'à une chose : l'emporter dans mon lit et la garder là toute une semaine.

Tu t'imagines qu'un enfoiré comme toi peut obtenir ce qu'il veut ?

Chassant cette pensée de mon esprit, je m'approchai du bord de la piscine en deux enjambées. Elle flottait sur le dos, les bras étendus de chaque côté, ses cheveux répandus autour de sa tête comme un écheveau de soie d'or. Ses yeux étaient fermés et je n'avais jamais rien vu d'aussi beau que son corps nu. Sa peau pâle, son triangle de boucles dorées, ses mamelons rose tendre…

Merde ! S'il y avait un piège, je n'arrivais pas à le voir. Ce n'était pas parce que nous allions baiser que le monde allait cesser de tourner, si ?

Elle remuait paresseusement les bras dans l'eau et fredonnait, bouche fermée, un air que je ne reconnaissais pas, sans se soucier de moi qui restais figé au bord de l'eau avec ma foutue conscience.

Ce n'était que du sexe, bon sang ! Il n'y avait pas de quoi en faire une histoire. Elle avait perdu sa virginité et j'avais réglé le problème. Coucher avec elle n'était pas le commencement de cette pente glissante qui me ramènerait en arrière, vers cette violence que j'avais laissée derrière moi. Elle me désirait. Qui étais-je pour lui refuser ce dont elle avait envie ? Ce dont nous avions envie *tous les deux* ?

Je serais un imbécile de refuser ce qu'elle m'offrait.

J'envoyai promener mes souliers et plongeai tout habillé pour la rejoindre.

14

Imogen

J'entendis le *splash* et sentis le mouvement de l'eau quand Ajax plongea. Mon cœur battait à toute vitesse et l'adrénaline pulsait dans mes veines.

Ma provocation avait réussi !

Voilà deux jours que je traînais volontairement à la piscine dans l'espoir qu'il me rejoigne. Dans l'espoir que mon bikini lui fasse de l'effet et le convainque de… de me refaire l'amour.

Mais depuis deux jours, il ne cessait de m'éviter et moi, je ne cessais de penser à lui.

Il m'obsédait. J'avais cru qu'après avoir obtenu ma petite vengeance, je m'estimerais satisfaite. Mais je m'étais trompée.

Cette unique nuit ne m'avait pas rassasiée, au contraire. Elle avait attisé en moi le feu dévorant de la curiosité.

À l'instant où l'on m'avait apporté l'ordinateur, j'avais tapé son nom sur Internet. Je voulais tout savoir de lui. Il y avait de vieux articles évoquant l'arrestation d'Augustus King et la façon dont on avait finalement réussi à le coincer pour des transactions financières frauduleuses. Ajax avait joué un rôle déterminant dans la chute de son père. J'avais dévoré tout ce qu'on disait sur lui, regardé tous les reportages. Il n'y en avait pas beaucoup. Les rares images de lui montraient un homme froid, fermé, le visage dur. Il avait l'air dangereux, méchant, et il ne disait quasiment pas un mot.

Il me fascinait.

Les médias parlaient de lui avec méfiance et, pour être honnête, il n'avait rien fait pour les amener à changer d'avis. Je me demandais pourquoi. Ce qu'on racontait de lui était faux. Le personnage sombre et violent qu'on décrivait n'avait rien à voir avec le partenaire attentionné et protecteur qui avait pris mon visage entre ses mains alors que je sanglotais et m'avait serrée dans ses bras pendant que je m'endormais. Et il n'avait rien à voir non plus avec l'homme qui plaçait la sécurité de ses frères et de sa ville avant tout le reste, y compris lui-même.

C'était cet homme que je voulais apprendre à connaître. Passionnément.

Ce n'était pas la première fois. J'avais déjà connu ces bouffées d'exaltation par le passé. Il y avait eu ce poisson tropical dont je rêvais enfant et qui avait perdu tout intérêt à mes yeux deux semaines après que mon père m'eut acheté un aquarium. Puis mon emballement pour la calligraphie et ces volutes noires si élégantes. J'avais acheté tout un attirail de plumes et d'encres différentes. J'avais dessiné des lettres avec enthousiasme pendant une journée entière avant de ranger tout le matériel dans une boîte. Je n'y avais plus jamais touché.

Ajax était la version adulte de mon engouement d'enfant pour ce poisson tropical. Ou pour la calligraphie. Ou pour la langue chinoise que j'avais essayé d'apprendre seule, ou pour l'astronomie qui m'avait captivée pendant un mois.

Il était un puzzle qui devenait sans cesse plus complexe et attirant. Et son mystère ajoutait encore à son attrait.

Mais je me connaissais. Je savais que mon obsession pour lui ne prendrait fin que lorsque j'aurais satisfait ma curiosité. Je devais donc trouver un moyen de l'étudier de près.

Et le meilleur moyen, apparemment, c'était le sexe.

Je ne cessais de repenser à notre nuit ensemble. Il m'avait encouragée à me lâcher, à donner libre cours à mon désir et à ma curiosité. Il s'était livré à mon exploration, s'était offert à toutes mes fantaisies. Un moment incroyable et parfait. Unique.

Pour la première fois de ma vie, j'avais osé être moi-même sans craindre de décevoir. Libre.

J'avais adoré cette liberté et, après une journée de réflexion, j'avais décidé de recommencer dès que possible… en le convainquant de coucher de nouveau avec moi.

Mais pour cela, il aurait déjà fallu qu'il soit là. Or, après cette fameuse nuit, il m'avait fui. Je devais donc ruser et l'attirer jusqu'à moi.

Mon plan avait fonctionné à la perfection. J'avais mis un bikini vert minimaliste, je m'étais pavanée au bord de la piscine en poussant la musique à fond…

et il était apparu. Mais ensuite, il avait stupidement résisté. Il avait bougonné qu'il était occupé, tout en me dévorant des yeux comme si j'étais son plat favori. Et il avait essayé de me faire croire qu'il ne bandait pas comme un malade.

J'étais donc passée à la phase deux : j'avais enlevé mon bikini. Et, vu qu'il avait plongé tout habillé pour me rejoindre, je pensais que c'était le petit déclic dont il avait besoin.

Je ne comprenais toujours pas pourquoi il avait voulu refuser ce dont nous avions envie tous les deux, mais j'avais l'intention de le découvrir.

Je voulais d'ailleurs tout découvrir de lui…

Mais seulement une fois que je l'aurai laissé m'attraper.

Je basculai sur le ventre pour m'éloigner au plus vite, mais il m'attrapa par la cheville et me ramena vers lui. J'aspirai une goulée d'air avant de couler puis il m'enserra la taille de ses deux mains et me souleva hors de l'eau tout en me plaquant contre son corps dur et brûlant. Ses yeux étaient incandescents.

— Allumeuse !

— Oh ! Tu peux parler !

Je posai les mains sur son torse, savourant le contraste entre sa chaleur et la fraîcheur de l'eau sur ma peau.

— Tu m'as torturée pendant deux jours !

— Torturée ?

Il descendit les mains jusqu'à mes fesses et colla mes hanches contre les siennes. Le tissu de son jean trempé était rugueux contre ma peau nue.

— Tu n'avais qu'à venir me voir.

— Tu n'étais pas là.

— Eh bien, je suis là maintenant.

Il me pressa sans douceur contre lui.

Je poussai un cri, cette petite brutalité ajoutée au frottement érotique de ses vêtements contre ma chair nue attisait mon excitation.

— Un problème ?

Il glissa sa main entre mes jambes et se mit à caresser mon intimité.

— Je suis un trop gros morceau pour toi ?

— N… Non.

L'excitation me faisait bégayer tandis que je me tortillais sous ses caresses.

— Je me sens de taille à te contrôler. Mais je ne suis pas sûre que l'inverse soit vrai.

Il gronda et sa bouche écrasa la mienne, dure, intransigeante.

Tout en frissonnant de plaisir, je jetai les bras autour de son cou et m'agrippai à lui de toutes mes forces pendant qu'il explorait ma bouche, son odeur enivrante envahissant tous mes sens. Le baiser était brutal, avec une saveur sombre que je trouvai grisante.

Oui, c'était ce que je voulais. Je n'avais pas besoin de films, de livres, de cours de calligraphie ou d'astronomie ni de toutes ces choses que j'avais passé mon temps à faire ces quinze dernières années pour remplir ce vide à l'intérieur de moi. Un vide dont je n'avais jamais eu conscience jusqu'à ce qu'Ajax me touche, qu'il me laisse pleurer et l'explorer. Jusqu'à ce qu'il me révèle tout ce qui avait manqué à ma vie.

Lui. C'était lui qui m'avait manqué.

J'essayais de répondre à ses baisers, mais il ne me laissait pas faire, avec sa bouche qui dévorait impitoyablement la mienne.

— Ajax, s'il te plaît… Je veux…

— Non.

Sa voix était si rauque qu'elle en était méconnaissable et son regard étincelait comme une flamme bleue.

— La dernière fois, je t'ai laissée faire ce que tu voulais. Maintenant c'est mon tour.

Deux jours plus tôt, il m'avait pris ma virginité parce que c'était mon choix, ma volonté. Cette nuit-là, il avait été tout à moi.

Et maintenant, il voulait que je sois tout à lui.

Le désir pulsa dans mes veines.

— Oui, balbutiai-je. Oui, montre-moi !

Son sourire triomphant était celui d'un prédateur. Il me souleva sans un mot, m'assit au bord de la piscine et prit appui sur ses mains pour se hisser hors de l'eau d'un mouvement fluide incroyablement puissant.

Ma bouche se dessécha et mon cœur battit à la volée tandis que je le contemplais.

Il resta immobile une seconde, ruisselant, puis il ôta ses vêtements, les laissant tomber un à un sur le sol. Son corps mouillé brillait dans le soleil, l'encre noire de ses incroyables tatouages contrastant avec sa peau bronzée.

Je n'avais jamais eu autant envie de toucher quelqu'un.

Je tendis les mains vers lui, mais il me rejoignit

en une enjambée et m'attrapa les poignets, un loup saisissant sa proie.

L'excitation me parcourut comme un courant électrique.

Il me fit reculer jusqu'à ce que je bute contre le transat le plus proche, puis il me souleva, s'allongea et me positionna à l'envers contre lui, mon dos pressé contre son large torse, son sexe bandé entre mes cuisses.

Je sentais sous moi le pouvoir contrôlé de ses muscles et je me mis à trembler.

Il fit glisser ses mains le long de mes bras jusqu'à mes hanches, avant de descendre plus bas sur mes cuisses. Il les écarta doucement et releva ses genoux pour les maintenir ouvertes.

La position m'exposait complètement. La tension de mes replis intimes était si intense que je pouvais à peine respirer.

Il caressa d'une main les pétales brûlants de mon sexe tandis que, de l'autre, il me taquinait la pointe d'un sein en la pinçant doucement.

Je gémis et me cambrai. C'était trop doux. J'en voulais plus.

— Ajax ! soufflai-je comme une prière. Ajax…

Il m'ignora et enfouit sa bouche dans mes cheveux, butinant mon oreille. La pression de ses genoux était rude contre mes cuisses pendant que ses doigts me caressaient paresseusement en une douce torture.

Il pinça plus fort mon mamelon et fit de même avec mon clitoris au même instant.

— Tu es à moi, dit-il contre mon oreille. Tu vas faire tout ce que je veux, compris ?

— D'accord, haletai-je. J'accepte les règles du jeu. Mais… Touche-moi plus fort…

Il referma la main sur mon sexe d'un geste possessif et pinça à nouveau mon mamelon, me tirant un gémissement.

— Ce n'est pas toi qui décides.

Je sentis ses dents sur le lobe de mon oreille.

— Fais seulement ce que je demande.

Je hochai rapidement la tête, l'intense pression entre mes cuisses se muant en un désir douloureux que je rêvais de satisfaire.

Il glissa quelque chose dans ma main – un sachet trempé. Il avait dû le sortir de son portefeuille avant de se déshabiller.

Je m'assis, déchirai l'étui avec des mains tremblantes et en tirai le préservatif. Puis je me penchai pour le dérouler sur lui – ou, du moins, j'essayai. Il me compliquait la tâche en taquinant l'un de mes seins d'une main et mon clitoris de l'autre, me faisant haleter et gémir d'extase.

Je réussis finalement et il reprit aussitôt la direction des opérations, me maintenant ouverte d'une main pendant qu'il guidait de l'autre son sexe contre ma chair mouillée de désir.

Il se poussa en moi et je criai en sentant sa présence m'écarteler. Puis il m'agrippa pour m'immobiliser et souleva les hanches, s'introduisant plus profondément en moi, ses genoux accentuant la pression sur mes cuisses pour les ouvrir davantage.

Le plaisir me déchira comme la lame d'un couteau

et je me cambrai, me tortillant vainement contre lui, mes hanches tressautant sous ses assauts.

Mais il m'empêcha de bouger. C'était lui qui voulait m'imposer son rythme, allant et venant en moi avec une brutalité qui me faisait trembler.

L'angle ne me permettait pas d'obtenir l'assouvissement auquel j'aspirais et je suis sûre qu'il le savait. Il profitait de la situation, chaque coup de reins m'amenant toujours plus près de la folie.

Je sentais l'orgasme approcher. Il était à la fois tout près et hors d'atteinte. Je gémissais, le suppliais de mettre un terme à cette exquise torture.

Mais il refusait de me donner satisfaction. Il continua à pousser jusqu'à ce que j'enfonce les ongles dans ses bras et me débatte. Alors seulement, il faufila ses doigts jusqu'à mon clitoris et le pinça au même rythme que ses coups de reins.

Un orgasme époustouflant me transperça soudain. Des étoiles fusèrent derrière mes paupières closes et mes cris résonnèrent sur la terrasse. Il se retira, me retourna à plat ventre sur le transat et se plaça derrière moi. Empoignant mes hanches, il me souleva pour me mettre à genoux et me prit en levrette.

J'enfouis en gémissant mon visage brûlant dans le coussin du transat, le sexe douloureux et hypersensible. Mais il ne s'arrêta pas – et je ne le lui demandai pas.

La première nuit, il s'était retenu et je comprenais soudain à quel point en le sentant libérer toute sa puissance.

Ses coups de reins étaient violents, rapides. Il grondait de plaisir à chaque poussée et j'agrippai le coussin à pleines mains tandis qu'un deuxième orgasme me submergeait.

J'adorais la façon dont il prenait ce qu'il voulait sans me demander la permission. Je criais sans retenue, sans avoir peur d'être indécente ou de lui déplaire.

J'étais moi-même, tout simplement.

Il lâcha mes hanches pour faufiler une main entre mes cuisses et je cessai de penser.

Un troisième orgasme me fit hoqueter. Des larmes me montèrent aux yeux et des sanglots s'étranglèrent dans ma gorge. C'était trop intense.

— Tu es à moi, gronda-t-il derrière moi en continuant à aller et venir de plus en plus fort. Ne l'oublie jamais. Tu es à moi et à moi seul !

Il se poussa en moi une dernière fois, se raidit et son cri s'écrasa contre ma peau pendant qu'il me mordait l'épaule.

15

Ajax

Imogen se détendit sous moi, chaude et docile, et tourna la tête sur le côté. Sur une mèche de cheveux collée à sa joue en sueur, le soleil allumait des reflets d'or. Elle avait les yeux fermés et elle haletait.

Son sexe se contractait autour de moi et sous mes lèvres, j'avais la saveur de sa peau, douce et salée. Mes dents avaient laissé leur marque sur son épaule, une meurtrissure qui assombrissait déjà sa peau claire.

Un sentiment de possession sombre et presque animal montait en moi.

Cette fille était à moi. Je n'avais aucune envie d'écouter cette foutue voix intérieure qui me chuchotait que je ne la méritais pas et qu'elle était la pente glissante qui me conduirait à ma perte.

C'était peut-être vrai, mais je m'en fichais. Tôt ou tard je devrais la laisser partir, de toute façon, mais en attendant, elle m'appartenait. Complètement. Cette pensée me faisait exulter. C'était une sensation nouvelle, extraordinaire.

Je me retirai d'elle, posai une main sur sa nuque et la caressai doucement.

— Ça va ?

Je savais que j'avais été brutal et intransigeant, sans doute trop, vu son inexpérience.

— Je ne me suis jamais sentie aussi bien, m'assura-t-elle d'une voix enrouée.

Je souris. Elle était aussi insatiable que moi.

— Ne bouge pas, je reviens.

Je rentrai dans la maison, me débarrassai du préservatif dans la salle de bains du rez-de-chaussée et ressortis.

Elle s'était roulée en boule sur le coussin du transat. En m'entendant approcher, elle tourna la tête vers moi et m'observa entre ses cils. Elle souriait et je voyais des paillettes d'or danser dans ses yeux verts.

Cette étrange sensation revint m'écraser la poitrine, encore plus fort.

Elle bascula soudain sur le dos, leva les bras au-dessus de sa tête et s'étira en creusant les reins, les orteils pointés comme ceux d'une danseuse.

Elle était incroyablement sexy. Je bandai instantanément.

— Tu essaies de me tuer par épuisement, avoue !

Elle souleva une paupière, visiblement satisfaite.

— Ça marche ?

— C'est tout le contraire, affirmai-je avec un sourire amusé.

Ses yeux verts étincelèrent. Apparemment, son désir n'avait pas été entamé par les trois orgasmes que je venais de lui donner.

— J'espérais que tu dirais ça.

Elle se tourna sur le côté pour me faire face.

— Dis-moi ce que tu veux de moi.

Bon sang, elle était parfaite.

Je la replaçai sur le dos puis l'enjambai en me positionnant tête-bêche au-dessus d'elle, le visage au niveau de son entrejambe. Nous allions nous donner mutuellement du plaisir, mais elle aurait interdiction de jouir avant moi.

Elle s'en tira remarquablement bien, prouvant qu'elle était capable de rester concentrée quand elle était motivée.

Ensuite, je la portai jusqu'à la salle de bains de ma chambre, au premier étage. Je la déposai dans la douche, la lavai, caressai sa peau de satin avant de la soulever et de la prendre contre le mur carrelé, jusqu'à ce qu'elle sanglote de plaisir.

L'après-midi touchait à sa fin et nous mourions de faim tous les deux quand nous redescendîmes. Je cherchai dans le frigo de quoi composer un repas sur le pouce.

Elle me regarda avec fascination déposer des tranches de bacon dans une poêle. Quand elle me demanda la permission de les retourner, je lui tendis la spatule.

— Ne me dis pas que tu n'as jamais cuisiné, commentai-je en l'observant.

— Jamais ! avoua-t-elle sans honte. À la maison, il y avait une dame qui préparait les repas et nous servait à table.

Elle retourna le bacon et me regarda, les yeux brillants.

— Je peux faire cuire quelque chose ? Un… Un œuf ? Je n'ai jamais essayé.

Je m'adossai au comptoir.

— On ne t'a même pas appris les bases ? Je ne sais pas, moi, à l'école… ?

— Je ne suis pas allée à l'école, répondit-elle avec un soupir. Et encore moins au lycée. Mon père me faisait donner des cours à domicile.

Bien sûr. Il l'avait coupée du monde pour mieux la contrôler.

J'étudiai son visage pendant qu'elle surveillait le bacon, sérieuse comme un pape.

Pauvre gamine ! Elle avait été prisonnière pendant des années, mais cet isolement n'avait pas réussi à éteindre sa flamme. Elle était curieuse de tout, avide d'explorer le monde avec enthousiasme.

Contrairement à toi…

Moi, je ne savais que trop ce que renfermait le monde. La violence. Le meurtre. La torture. La souffrance. La trahison. La vie ne m'avait rien apporté d'autre. Mais j'étais un cas particulier. Alors qu'Imogen…

Elle mérite mieux.

Cette pensée jaillit dans mon esprit comme un météore, aveuglante, baignée de lumière. J'aurais été incapable de dire d'où elle venait et pourquoi.

Absurde. Cette fille n'était rien pour moi. Je l'avais kidnappée, c'était ma prisonnière et j'en avais fait mon jouet. Cela n'irait pas plus loin. J'allais la garder dans mon lit encore quelques jours et, ensuite, je la rendrais à son père.

— Qu'est-ce que tu voulais faire quand tu étais

petit ? me demanda-t-elle tout à coup. Comme métier, je veux dire ?

La question était si inattendue que j'y répondis sans réfléchir.

— Je voulais être marin. J'ai toujours eu envie de voguer vers la ligne d'horizon pour voir ce qu'il y avait de l'autre côté.

Elle sourit.

— C'est chouette. Et tu as réalisé ton rêve ?

— Non.

J'avais réussi à prononcer le petit mot avec désinvolture et sans amertume.

— Et toi ? Qu'est-ce que tu voulais faire quand tu serais grande ?

Elle me regarda et je sentis qu'un flot de questions lui brûlait les lèvres. Je me tendis, préparé pour l'assaut, mais elle garda le silence et ramena son attention sur la poêle.

— Moi ? Je voulais être infirmière. Fée. Princesse. Pompier. Conductrice d'ambulance. Médecin. Peintre. Astronome. Historienne.

Une fossette creusa sa joue.

— Tout m'intéressait. Ce qui revient à dire que j'étais incapable de choisir.

— Il n'y a pas une chose en particulier que tu avais vraiment envie de faire ?

— Le problème, c'est que je veux tout essayer.

Elle poussa un petit soupir.

— Seulement, une fois que j'ai essayé, mon intérêt disparaît. C'est terrible. Je crois que je suis quelqu'un de très superficiel, en fin de compte.

Non. Elle était enthousiaste, avide d'apprendre,

et sa curiosité serait un atout fabuleux si elle la mettait au service de son intelligence. Le jour où elle découvrirait sa voie, elle serait tout simplement…

Fantastique.

Oui. Aucun doute là-dessus.

— Pourquoi perds-tu ton intérêt ?

Elle haussa une épaule.

— Je ne sais pas. Je m'enthousiasme pour quelque chose, ça m'obsède, je ne pense plus qu'à ça, mais dès que j'en ai fait le tour, c'est fini. Je m'enflamme pour autre chose et tout recommence.

Elle enfonça ses petites dents blanches dans sa lèvre.

— C'est très frustrant.

— Tu n'as pas encore trouvé la vraie passion qui maintiendra ton intérêt en éveil. Tu es très jeune et le monde est immense.

— Tu parles comme un grand-père de quatre-vingts ans.

— Je me sens comme un grand-père de quatre-vingts ans. Surtout quand je te regarde.

Un sourire fleurit sur ses lèvres adorables, surmontées de ce petit grain de beauté qui me rendait fou.

— Je sais que je suis jeune, dit-elle. Ou tout du moins plus jeune que toi. Mon père me reproche sans cesse de me conduire comme un bébé, mais…

Son sourire s'effaça et une ombre assombrit ses yeux.

— Je ne suis pas un bébé. Je suis sa fille. Et personne ne devrait connaître une enfance comme la mienne.

Ce poids étrange revint m'oppresser. Nous avions

vécu des vies totalement différentes, elle et moi – à des années-lumière l'une de l'autre – et pourtant, nous étions semblables, d'une certaine façon.

Nos pères avaient l'un comme l'autre été des monstres qui avaient saccagé notre enfance. Imogen avait été plus protégée que moi, mais elle avait été broyée par ce gant de fer, elle aussi.

J'aurais voulu lui demander comment elle s'en était sortie, mais je devinais la réponse. Son esprit l'avait préservée en restant constamment en mouvement, en trouvant toujours un nouveau sujet d'intérêt, et c'était ce qui lui avait permis d'échapper à la réalité sinistre de son existence.

Quant à moi… j'avais cet instinct de survie chevillé au corps. Je le maudissais parfois de me harceler ainsi, de m'obliger à me sacrifier encore et toujours…

Mais au final, c'était lui qui m'avait sauvé.

— Tu as raison, acquiesçai-je. C'est injuste.

— Il y a des gens qui ont terriblement souffert à cause de lui. Bien plus que moi. Au moins, moi, il ne m'a jamais frappée.

— La violence physique n'est pas forcément la plus destructrice. Mais je ne t'apprends rien, n'est-ce pas ?

Elle détourna les yeux.

— Il a des raisons de m'en vouloir.

Je fronçai les sourcils.

— Ah bon ? Quelles raisons ?

Elle émit un soupir tremblant, fixant la poêle sans réellement la voir.

— Eh bien… Ma mère.

Elle marqua une nouvelle pause et j'attendis, parce que je savais qu'il y avait autre chose.

Quand elle leva les yeux vers moi, leur éclat vert était aussi tranchant que du verre.

— Je l'ai tuée, tu sais.

Je fis un effort pour ne pas laisser paraître la surprise.

— Comment ça ?

— Je te l'ai déjà expliqué : elle est morte en me donnant le jour. Mon père ne me l'a jamais pardonné, c'est normal. Sans moi, ma mère serait encore en vie… Il dit que j'ai une dette envers lui à cause de ça. Et envers elle aussi.

Nom d'un chien… Le salaud. L'immonde salaud !

Du pouce, je lui caressai la joue. Je ressentais en moi la douleur que je voyais briller dans ses yeux.

— Tu n'as absolument aucune dette envers lui, Imogen. Tu n'as pas tué ta mère.

Sa bouche se mit à trembler.

— Mais si ! Si je n'étais pas née, elle n'aurait pas eu cette hémorragie et… et elle serait toujours là ! En tout cas, c'est ce que dit toujours mon père.

— Il a tort. Le chagrin et la colère font parfois dire des choses qu'on ne pense pas.

J'en avais fait la triste expérience plus d'une fois dans ma vie.

— Je suis désolé pour ta maman mais… je suis sûr qu'elle avait très envie de te mettre au monde. Que c'était son souhait le plus cher.

Imogen se raidit.

— Mais elle ne voulait pas mourir !

Je lui caressai doucement la joue.

— Non, mais elle voulait que tu existes. Que tu sois là. Tu étais précieuse pour elle.

— Tu n'en sais rien !

— Je sais ce que c'est de vouloir protéger les personnes qu'on aime. De faire des sacrifices pour elles.

Je ne comprenais pas pourquoi je lui disais tout ça. Elle avait sa vie, moi la mienne. Mais c'était plus fort que moi. Je ne pouvais pas la laisser croire que sa mère était morte à cause d'elle. C'était monstrueux.

— Ta maman t'aimait, Imogen. Et elle était prête à tout sacrifier, même sa vie, pour que tu existes. L'amour vous pousse à ce genre d'héroïsme.

Une larme roula sur sa joue.

— Mais… Pourquoi ?

Elle me regarda comme si elle n'avait sincèrement aucune idée de la réponse.

— Elle ne m'a même pas connue.

— Pourquoi ? Parce que tu es belle.

J'essuyai sa larme avec mon pouce.

— Tu es courageuse. Tu es forte. Intelligente, généreuse, drôle. Comment aurait-elle pu ne pas t'aimer ?

— C'est faux… Je ne suis rien de tout ça.

— Ah bon ? Tu n'as pas eu peur une seule seconde depuis que je t'ai kidnappée ! Bon sang, personne ne me parle comme tu le fais. Personne n'ose. Et puis, tu prends tout ce qu'on te donne. Même au lit, tu es insatiable ! Dès que tu entres quelque part, la pièce s'illumine. Je rêve de voir ce que ton intelligence sera capable d'accomplir le jour où tu trouveras un sujet qui saura te passionner.

J'effaçai du doigt une autre larme sur sa joue.

— J'ai le sentiment que tu seras capable d'accomplir des miracles.

Le choc se refléta sur son visage, associé à une autre émotion que je ne parvins pas à identifier. Elle me dévisageait comme si elle ne m'avait jamais vu.

— Mais comment est-ce que… ?

Sa voix se brisa.

— Comment est-ce que tu sais tout ça ?

— Ma mère à moi est morte quand j'étais très jeune, répondis-je. Mais j'avais deux frères et j'aurais fait n'importe quoi pour eux.

Devant elle, la poêle commençait à fumer.

— Le bacon, gamine, lui rappelai-je gentiment, il est en train de brûler.

16

Imogen

Je roulai sur le dos et clignai des yeux, aveuglée par le soleil du petit matin.

Ajax n'était plus dans le lit, mais c'était habituel avec lui. Chaque fois que nous avions dormi ensemble, je m'étais réveillée seule.

Je me levai, ramassai un de ses T-shirts par terre et l'enfilai. Le coton était frais sur ma peau nue et il était imprégné de cette odeur sombre et mâle qui n'appartenait qu'à lui.

Je frissonnai de plaisir.

Ces dernières quarante-huit heures avec lui avaient été merveilleuses. Je n'avais pas de mots pour exprimer à quel point il m'avait comblée.

Ce qu'il m'avait dit dans la cuisine m'avait transformée. Quand il m'avait parlé de ma mère et de son sacrifice, cela avait été comme si une armure de plomb était tout à coup tombée à mes pieds. Je m'étais sentie légère comme jamais. Et cette impression ne s'était pas dissipée depuis.

Nous n'avions rien fait de spécial pendant ces

deux jours. Juste passé beaucoup de temps au lit, discuté, regardé la télé, nagé dans la piscine. Un soir, j'étais restée blottie sur ses genoux dans la bibliothèque et il m'avait caressé les cheveux pendant que nous lisions tous les deux. Je n'avais pas ressenti le besoin de me lever, de bouger ni d'agiter ne serait-ce qu'un pied, ne serait-ce qu'une seule fois !

Sa présence domptait l'impatience qui bouillonnait en moi. Comme s'il exerçait un pouvoir apaisant sur mon esprit.

Nous étions plus proches que jamais et, cependant, il ne parlait jamais de lui. À part cette brève allusion à ses frères, l'accès à son passé et à ses pensées m'était toujours interdit, aussi verrouillé qu'un coffre-fort.

Naturellement, cela attisait ma curiosité.

Vêtue de son T-shirt, je me faufilai dans le couloir du premier étage et marquai un temps d'arrêt sur le seuil du bureau.

Ajax était assis à son bureau devant son ordinateur, ses longues jambes étendues devant lui. Il portait un short de running et rien d'autre. La peau hâlée de son dos luisait, ses incroyables tatouages soulignant les muscles que j'avais explorés cette nuit pendant des heures de mes mains et de mes lèvres.

Mes paumes fourmillaient de l'envie de le toucher.

Tu ne cesseras jamais de le désirer.

Je fronçai les sourcils à cette pensée. Bien sûr que si ! Mon intérêt était toujours de courte durée. Le sexe avec lui était une découverte et c'était pour cela qu'il me fascinait. Mais une fois que j'aurais exploré tout ce qu'il avait à offrir, je passerais à autre chose, comme toujours.

Veillant à ne produire aucun bruit, je me glissai derrière lui et me penchai vers son oreille.

— Surprise, chuchotai-je.

Il ne sursauta même pas.

— Si tu veux me surprendre, dit-il, commence par masquer ton odeur. Je l'ai sentie à l'instant où tu as quitté la chambre.

— Tu as senti mon odeur ?

J'enroulai mes bras autour de son cou.

— Tu plaisantes ?

— Tu sais, j'ai dû développer des réflexes de survie pour éviter d'être tué par surprise.

C'était logique, mais terrifiant à entendre.

— Tu n'avais pas de gardes pour te protéger ?

Je lui mordillai la nuque.

— Moi, j'étais tout le temps accompagnée. Je ne pouvais pas faire un pas sans mes gorilles.

Il semblait détendu, mais je sentais sous mes doigts la soudaine tension de tout son corps.

— Mon père estimait que c'était à moi de me débrouiller. La loi de la nature, tu sais ? Seuls les plus forts survivent.

Il y avait une note dans sa voix grave que je ne parvins pas à identifier.

Fermant les yeux, je lui caressai l'épaule de mes lèvres pour tenter de dénouer ses tensions.

— Mais tu étais son fils, son héritier ! soufflai-je. Il aurait dû veiller sur toi !

Il ne répondit pas et il me sembla que son silence remplissait tout l'espace.

C'était un sujet douloureux, à n'en pas douter.

Alors j'eus envie de parler d'autre chose, de le mitrailler de questions stupides pour le distraire. Je ne voulais pas qu'il soit triste.

Il ne m'en laissa pas le temps.

— J'ai appris très jeune ce que signifiait être le fils d'Augustus King. J'ai toujours soupçonné mon père d'être un monstre, mais il m'en a fait la démonstration quand j'avais treize ans.

Je sentis un frisson glacé me parcourir le dos.

— Tu n'es pas obligé d'en parler, murmurai-je. Si tu n'as pas envie, je…

Il posa sa main sur la mienne et ce que j'avais voulu dire s'effaça de mon esprit. Ce n'était pas un geste pour me faire tenir tranquille. Non, c'était presque comme s'il avait besoin de me toucher, parce que mon contact le réconfortait.

— Un jour, après le collège, il est venu me chercher en voiture et il m'a emmené dans un entrepôt désaffecté, reprit-il d'une voix dépourvue d'émotion. Il n'y avait rien à l'intérieur, juste un homme ligoté sur une chaise. Dès qu'il a vu mon père, ses yeux se sont remplis de terreur. Il était blanc comme un linge…

Le froid qui m'avait envahi se changea en glace.

J'avais grandi dans une bulle, isolée du monde, mais je n'étais pas stupide. Je savais ce que j'allais entendre.

— J'ai demandé à mon père ce qui se passait et il m'a répondu en souriant que cet homme était un de ses employés, qu'il lui avait désobéi et qu'il avait essayé de quitter « la famille ».

Il s'interrompit et sa main resserra son étreinte sur la mienne.

— Ensuite, il a pris une batte de base-ball et il l'a battu à mort.

L'horreur me changea en statue.

Son père l'avait obligé à assister à un meurtre. À treize ans.

Je pressai ma joue sur son épaule, remplie d'une infinie tristesse. Mon père m'avait écrasée, isolée, manipulée, mais il n'avait jamais exprimé sa violence en ma présence. Du moins, pas avant de s'en prendre à Cam.

— Il m'a expliqué que c'était ce qui arrivait aux traîtres, reprit Ajax de la même voix dépourvue d'émotion. Puis il a dit que j'étais un King et que je le resterais toute ma vie, et que, si jamais je le trahissais ou que je tentais de quitter la famille, il me tuerait. Et il ferait subir le même sort à mes frères.

Je restai muette. Que dire devant une telle horreur ?

Je fis la seule chose possible : je l'enlaçai et enfouis mon visage dans son cou en pressant les lèvres contre sa peau.

Il avait été prisonnier de son père comme je l'avais été du mien. Mon père s'était servi de la mort de ma mère comme d'une arme contre moi et le père d'Ajax s'était servi de son amour pour ses frères contre lui.

Pas besoin d'être fin psychologue pour comprendre que l'instinct de protection était une seconde nature chez Ajax. Son père avait très bien su ce qu'il faisait. En menaçant ses frères, il s'était assuré sa loyauté.

J'en avais la nausée.

— Je le hais, dis-je avec feu tout contre son cou. C'est un monstre d'avoir utilisé tes frères contre toi ! La prison est trop douce. Il aurait fallu qu'il souffre d'abord !

Étrangement, la tension disparut des épaules d'Ajax et il fit pivoter sa chaise pour me prendre sur ses genoux.

— Tu es une guerrière, ça me plaît.

Je me blottis contre son torse, puis le regardai.

— Je suis sincère. Je suis contente que tu l'aies mis hors d'état de nuire.

Une expression qui ressemblait à du regret passa sur son visage.

— Malheureusement, j'ai trop tardé.

— Mais tu n'avais pas le choix, il te fallait endormir sa méfiance, c'est ça ? Sinon, il s'en serait pris à tes frères.

— Je ne pensais pas que ce serait aussi long. Je n'ai pas pu les sauver quand…

Il ne termina pas sa phrase. Sous ma main, je sentais les battements puissants de son cœur. Il y avait tant de souffrance en lui…

— Tu n'as pas besoin d'en parler si ça te fait mal.

Il me dévisagea un long moment.

— Je n'ai pas bougé quand Leon a été kidnappé pour être torturé. Ni quand mon père s'est servi de Xander pour voler des gens et les pousser au suicide. Je ne pouvais rien faire pour leur venir en aide, ni à l'un ni à l'autre, en tout cas, pas sans me trahir et anéantir mes plans. Détruire mon père l'emportait sur tout le reste.

Il me regarda comme si je possédais la réponse à une question qui le hantait.

— J'ai sacrifié mes frères pour atteindre mon but. Quel genre d'homme se comporte ainsi ?

La souffrance qu'exprimaient ces mots me broya le cœur. J'avais mal pour lui, pour son enfance détruite. Pour les souffrances que lui avait infligées son père en se servant de lui.

Était-ce pour cette raison qu'il se voyait lui-même comme un monstre ?

Je pris doucement son visage entre les mains.

— Tu voulais sauver cette ville, déclarai-je avec force. Pas juste tes frères, mais tous les gens que ton père aurait détruits ou acculés au désespoir si tu ne l'avais pas arrêté.

Une ombre passa sur son visage.

— Je ne cherche pas le pardon, Imogen.

Je laissai retomber mes mains, inexplicablement blessée.

— Je ne te l'offrais pas.

— Ce n'est pas pour cette raison que je t'ai raconté tout ça.

— Alors pourquoi ?

— Pour que tu comprennes. La fin justifie les moyens. Toujours.

Je déglutis.

— Oui. Je comprends.

Son regard dur s'adoucit. Il caressa ma joue du bout du doigt.

— Je ne voulais pas te froisser et je suis désolé si je t'ai peinée. Mais je préfère me montrer franc.

Ne t'attache pas à moi. Je poursuis un objectif et je n'en dévierai pas. Ni pour toi, ni pour personne.

Ma tristesse s'accrut sans que je sache pourquoi. J'appréciais son honnêteté. C'était une marque de respect, mais…

— Ça me va très bien, dis-je en essayant de prendre un ton léger. Parce que je ne m'attache jamais à rien ni à personne. Tu le sais.

Une lueur pétilla dans ses yeux. C'était peut-être de l'amusement, je n'en étais pas certaine.

— Tu veux que je te montre quelque chose ?

— Quoi ?

Je regardai instantanément son short.

Cette fois, son amusement ne fit aucun doute. Il éclata d'un rire chaud, sexy.

— Non pas ça. Pas maintenant.

Mon chagrin s'allégea un peu, j'étais contente d'avoir réussi à le faire rire. Je lui lançai un regard coquin entre mes cils.

— Tu as en réserve quelque chose d'aussi intéressant ?

— Jette un coup d'œil à mon écran d'ordinateur et dis-le-moi.

J'obéis avec un soupir.

Je découvris une maquette ressemblant au rendu en 3D d'un immeuble.

— Qu'est-ce que c'est ?

— Un immeuble d'appartements dont ma belle-sœur est en train de concevoir les plans.

Il se pencha, saisit la souris et effectua quelques clics. L'immeuble tourna sur lui-même, offrant une vue à trois cent soixante degrés.

Bien sûr. Il était à la tête d'un empire immobilier, n'est-ce pas ?

Je m'assis, ma curiosité piquée.

— C'est toi qui vas le construire ?

— Oui. Si j'obtiens le feu vert de la commission de conformité.

Je tendis la main vers la souris.

— Je peux ?

Il hocha la tête et s'adossa à sa chaise pour me laisser naviguer sur l'écran.

J'étudiai le bâtiment sous différents angles, zoomant pour me rapprocher, souriant quand la façade s'ouvrit pour me permettre une visite virtuelle des futurs appartements. Des volumes simples mais harmonieux, conçus pour exploiter au maximum la lumière naturelle.

Je n'y connaissais rien en architecture, mais cet immeuble donnait envie d'y vivre.

— C'est une belle réalisation, dis-je sans quitter l'écran des yeux. Qui va y loger ?

— Des familles en difficulté.

Je pivotai vers lui, surprise.

— J'ai rencontré plusieurs organismes sociaux de Sydney et nous avons monté ensemble ce projet. Cet immeuble est respectueux de l'environnement et utilise les énergies renouvelables. Avec un peu de chance, il servira de prototype pour d'autres constructions similaires.

Sauver sa ville. C'était son but, il me l'avait dit. Mais il ne comptait pas y parvenir uniquement en écartant ceux qui pourraient représenter une menace. Il voulait aussi aider les plus défavorisés.

— Qui va financer le projet ? demandai-je, la gorge nouée par l'émotion.

— Moi. J'ai beaucoup d'argent.

Je pris une respiration.

— Tu vois bien que tu n'es pas un monstre, Ajax King ! Tu es… Tu es… un mélange de Batman, de Captain America et de Thor !

Il me caressa la joue en souriant.

— Continue à étudier le bâtiment. Je veux que tu me dises si tu vois des choses à ajouter ou à améliorer.

Je frissonnai à son contact.

— Mais je n'y connais rien en architecture.

— Non, mais tu as des petites cellules grises en mouvement perpétuel.

Il sourit.

— Il est temps que tu en fasses bon usage.

17

Ajax

Comme je l'avais espéré, Imogen s'immergea dans les plans de l'immeuble que Poppy, la jeune épouse de Xander, avait conçus à ma demande.

Ce fut à peine si elle s'aperçut que je quittais la pièce.

Et quand je lui apportai du café et des toasts, une heure plus tard, elle ne tourna même pas la tête, marmonnant juste un « merci ». Elle était en train de parcourir un document sur Internet, les sourcils froncés.

Je m'éclipsai en souriant, pris ma douche et descendis au rez-de-chaussée pour écouter le dernier message en date de son père.

Le ton de sa voix était de plus en plus virulent. Cette fois, il exigeait de voir sa fille. Il ne voulait plus attendre.

Tu as fait le mort pendant quarante-huit heures, il est temps de revenir sur terre.

J'ouvris la baie vitrée du salon et sortis sur la terrasse en veillant à bien la refermer derrière moi.

Puis je marchai jusqu'au muret qui surplombait la mer et sortis le téléphone de ma poche.

Si j'avais tant tardé à répondre à White, c'était parce qu'au fond de moi je n'avais pas envie d'accéder à sa requête. Et je ne savais pas pourquoi.

Ce n'était pas une question de sécurité. Le dispositif serait renforcé, Imogen ne risquerait rien. Non, c'était autre chose qui me retenait et je ne parvenais pas à mettre le doigt dessus.

Peu importait. Il était temps d'en finir. La conversation que nous venions d'avoir dans mon bureau me rappelait très opportunément où étaient mes priorités.

En revanche, je n'arrivais pas à comprendre pourquoi j'avais parlé à Imogen du meurtre dont mon père m'avait rendu témoin. Et du fait que j'avais sacrifié mes deux frères. Qu'est-ce qui m'avait pris ? Je ne me livrais jamais à ce genre de confidences. L'étonnement qu'elle avait manifesté en apprenant que mon père s'était abstenu de me faire protéger par des gardes du corps avait probablement rouvert une vieille blessure.

À moins que ce ne soit la tendresse avec laquelle elle m'avait enlacé, ses lèvres douces dans mon cou, ses mains sur ma peau. Sa chaleur, son parfum familier avaient brisé mes défenses et dénoué des tensions dont je n'avais même pas conscience.

Cette faiblesse inhabituelle m'avait mis mal à l'aise. Peut-être était-ce pour cette raison que je l'avais remise sèchement à sa place. Afin qu'elle soit aussi mal à l'aise que moi. Pour qu'elle sache qui j'étais : un homme dangereux qui faisait passer ses objectifs avant tout le reste.

Comme tu l'as fait avec tes frères ?

La vérité s'enfonça dans ma chair comme la lame tranchante d'un couteau.

Exactement. Je n'étais pas un individu respectable et elle aurait tort de l'oublier.

J'appuyai sur une touche du téléphone. La sonnerie résonna une fois, puis la voix furieuse de White fusa :

— King ! Espèce de bâtard ! J'ai essayé de vous joindre au moins…

— La semaine prochaine, l'interrompis-je froidement. Mercredi soir. Je vous tiendrai au courant du lieu et de l'heure.

— Quoi ? Mais…

— Ce n'est pas négociable. Vous vouliez une preuve de vie, vous l'aurez. C'est tout.

Je coupai la communication.

Voilà. C'était fait.

La semaine prochaine, Imogen rencontrerait son père. Il aurait la preuve que je ne l'avais pas touchée et il quitterait Sydney.

En l'emmenant.

C'était le marché. Il n'avait jamais été question que je garde Imogen avec moi. Ma menace de la violer n'avait été qu'un moyen de pression, rien d'autre.

Elle allait suivre son père à Melbourne, où il continuerait à l'utiliser comme un pion pour bâtir son pathétique petit empire.

Tu vas vraiment la laisser repartir avec lui ? Et s'il

découvre que tu as couché avec elle ? Elle risque de passer un très mauvais quart d'heure…

Je contemplai l'océan. Des yachts s'élançaient vers le large, vers des destinations où je ne pourrais jamais aller.

White ne découvrirait rien, j'avais fait le nécessaire. Quant à la laisser partir avec lui… Quelle autre option avais-je ? La garder serait une déclaration de guerre. En enquêtant, j'avais découvert que White avait déjà tissé sa toile et je n'avais pas le temps de la détruire. Pas avec tous les dossiers que j'avais mis en route. En particulier ce projet de logements sociaux. Il était dans les tuyaux depuis un bon moment et je voulais désormais le porter en pleine lumière.

J'avais passé des années à démanteler l'empire de mon père et à tenir en respect les autres challengeurs. À présent, je voulais commencer à bâtir quelque chose qui ait du sens.

Et montrer à tout le monde que tu n'es pas comme ton père ? Que tu vaux mieux que lui ? C'est ça, ton but ?

J'ignorai cette pensée.

Non, je ne pouvais pas garder Imogen auprès de moi. Elle devait retourner chez son père. C'était ainsi et je n'y pouvais rien.

Je l'informerais du rendez-vous ce soir, mais j'atténuerais le choc en l'emmenant dîner dans un endroit privé.

Je regardai l'un des yachts virer lentement de bord contre le vent et je souris.

Je connaissais l'endroit parfait.

Deux heures plus tard, tout était organisé. Je m'occupai ensuite de rassurer mes frères.

Je leur envoyai un texto à chacun pour leur rappeler que j'étais en déplacement d'affaires, injoignable, et que je ne voulais être dérangé sous aucun prétexte. Je précisai que l'affaire White était en passe d'être réglée, qu'elle ne les concernait en rien et qu'ils étaient priés de ne plus m'en parler.

À peine mes messages envoyés, Xander et Leon tentèrent de me joindre. J'ignorai leurs appels. Une fois White loin de Sydney, je leur dirais tout. Mais pas avant.

L'après-midi touchait à sa fin quand je réalisai que je n'avais pas vu Imogen de la journée.

Je montai à sa recherche. Elle était assise devant mon ordinateur, exactement dans la position où je l'avais quittée le matin, les yeux rivés sur l'écran. Elle lisait un texte qui ressemblait à un document officiel, très concentrée.

Quelque chose avait changé en elle et il me fallut quelques instants pour comprendre : elle ne bougeait pas. Son pied ne s'agitait pas, elle ne fredonnait pas, elle ne cherchait pas à faire mille choses en même temps.

Je m'adossai au chambranle.

— C'est intéressant ?

Elle ne m'entendit même pas.

— Imogen ?

Elle émit une sorte de grognement, mais ne détacha pas les yeux de l'écran.

— Imogen ! dis-je plus fort, amusé.

Cette fois, elle se tourna vers moi, me regarda, cilla, puis sourit.

— Oh ! désolée. Tu voulais quelque chose ?

— Tu as passé la journée devant l'ordinateur. Tu as déjeuné, au moins ?

— Je ne crois pas, dit-elle en réfléchissant. Mais j'ai étudié ton immeuble sous tous les angles, et j'ai lu une tonne d'infos sur les logements sociaux, les lois et les réglementations en Nouvelle-Galles du Sud.

Ses yeux brillaient.

— C'est drôlement complexe ! Il y a un tas de paramètres dont il faut tenir compte. Je suppose que tu as déjà étudié la question ?

Je ne pus m'empêcher de sourire.

— En partie. Mais il y a des points sur lesquels je n'ai pas eu le temps de me pencher.

— Tu veux que je te raconte ce que j'ai découvert ?

Elle se tourna vers l'ordinateur, appuya sur une touche et l'imprimante se mit en marche. Imogen avait déjà sorti toute une pile de documents.

Elle n'avait pas chômé.

— Bien sûr ! Mais pas maintenant. Tu m'en parleras pendant le dîner.

— D'accord. Dis-moi si tu as besoin de quelque chose, parce que je vais rester ici et…

— Non. Ce soir, on sort.

— On sort ? Dehors ? À l'extérieur de la maison ?

— À l'extérieur de la maison, oui.

Elle m'adressa le plus merveilleux des sourires.

— C'est vrai ?

Une chaleur inhabituelle m'envahit la poitrine,

comme si son sourire ramenait à la vie une partie de moi-même morte depuis très longtemps.

À la façon dont elle me regardait, on aurait dit que je venais de lui offrir la lune sur un plateau.

— On va où ? Au restaurant ? J'adore la nourriture asiatique. Et indienne. Mais la cuisine Thaï est bien aussi. En fait, ça m'est égal. Si on va manger des steaks, par contre, il faudra qu'il y ait des frites avec, parce qu'on ne peut pas manger un steak sans frites.

Adorable. Irrésistible. Exubérante. Enivrante de curiosité, d'excitation. Elle avait passé toute sa vie dans la prison où son père l'avait enfermée et, pourtant, elle possédait un optimisme et une foi dans la vie que je n'avais pas et que je n'aurais probablement jamais.

Elle était tout ce que je n'étais pas. Tout ce qui manquait à mon existence…

Tout ce dont tu as besoin.

La pensée resta en moi pendant un long moment et, malgré tous mes efforts pour l'ignorer, elle refusa de s'effacer.

La chaleur au fond de mon cœur resta là, elle aussi, grandissant encore et encore tandis qu'elle continuait à me sourire.

C'était si facile de rendre cette femme heureuse !

C'est ça que tu veux. Tu veux la rendre heureuse.

— Ajax ?

Elle avait l'air soucieux, tout à coup.

— Est-ce que tout va bien ?

Dieu, depuis combien de temps étais-je planté là à la contempler ?

— Sois prête dans une heure, dis-je d'une voix un peu plus sèche que je ne l'aurais souhaité.

— On va où ?

— C'est une surprise.

— Oh ! mon Dieu, j'adore les surprises ! Il faut que je mette une robe ? Il doit bien y en avoir une dans les affaires que tu m'as fait apporter. Et les chaussures ? Talons ou pas ? Il me faudra une veste ?

Impossible de résister.

Je me penchai sur elle et pris son visage empourpré entre mes mains pour l'embrasser passionnément, stoppant net le flot de ses questions.

Sa bouche s'ouvrit spontanément sous la mienne, chaude, généreuse, avide. Si je ne faisais pas attention, j'allais la prendre là, sur cette chaise.

Je me redressai et reculai.

— Habille-toi comme tu veux. Je m'occupe du reste.

— Je peux emporter les documents pour qu'on en parle ? Je ne te soûlerai pas pendant des heures, promis !

— Emporte-les. Et tu pourras me soûler aussi longtemps que tu voudras.

J'étais incapable de lui refuser quoi que ce soit.

Il fallait que je sorte de cette pièce et que je retrouve ma distance de survie.

Parce que j'allais en avoir grand besoin si je devais la ramener à son père.

18

Imogen

J'étais si excitée que cela en devenait ridicule.

Ajax ne m'avait toujours pas dit où nous allions, mais peu importait. Tandis que la voiture noire roulait dans les rues de Sydney, je savais que, de toute façon, ce serait fantastique. Parce que je serais avec lui.

Et savoir qu'il avait organisé lui-même cette soirée rendait la perspective encore plus fabuleuse.

J'avais fait un effort pour m'habiller et, même si j'ignorais notre destination, j'avais choisi une tenue sexy susceptible de nous plaire à tous les deux.

Une robe en soie verte avec des bretelles spaghettis, fluide et douce sur ma peau. Le regard qu'il m'avait lancé quand je l'avais rejoint m'avait fait chavirer.

Il aimait la robe. Beaucoup.

Mais l'admiration qu'il me témoignait était réciproque.

Il portait un jean, comme à son habitude – à quoi servaient les costumes dans son dressing ? Mystère ! – avec un T-shirt noir et une veste en cuir noire usée. Une tenue décontractée qui lui allait comme une deuxième peau et mettait en relief sa taille, sa musculature et son côté dangereux.

J'avais du mal à ne pas le dévorer des yeux.

Il surprit mon regard et sourit.

— Tu peux me regarder, gamine. Ça ne me gêne pas.

Je rougis.

— Je me demandais pourquoi tu ne portes jamais de costume. Il y en a pourtant plein dans ton dressing.

— Parce que je n'aime pas ça.

— Alors pourquoi en as-tu acheté autant ?

Une lueur d'humour sombre dansa dans ses yeux.

— Leon pensait qu'ils me rendraient plus… sympathique.

Je souris.

— Il a raison. Je t'ai trouvé très sympathique la nuit où tu m'as kidnappée.

— Ce n'était pas le but.

— Moi, je t'ai adoré. Tu étais mon chevalier en smoking !

— Si tu le dis…

Une flamme bleue apparut dans ses yeux.

— En tout cas, je suis heureux de t'avoir kidnappée.

Mes joues s'enflammèrent et tout mon corps rayonna sous son regard.

— J'espère que ma robe n'est pas trop simple. Ni trop chic.

— Tu es parfaite.

Son sourire possessif, voire affamé, me fit frissonner.

— Absolument parfaite.

J'aurais voulu qu'il m'emmène dans un lieu privé où nous aurions pu satisfaire notre faim l'un de l'autre, mais la voiture s'arrêta à cet instant et Ajax regarda par la vitre.

— Nous sommes arrivés.

Nous étions sur le port de plaisance. Des bateaux luxueux étaient amarrés le long des jetées. Le lieu était brillamment éclairé et beaucoup de gens allaient et venaient autour des yachts, certains attachant les amarres, d'autres les larguant.

Je le considérai avec curiosité.

— Qu'est-ce que nous faisons ici ?

Il me décocha un sourire énigmatique.

— Tu verras bien.

La surprise qu'il m'avait réservée était un yacht qui ondulait sur l'eau. À l'intérieur, la cabine ressemblait à une chambre dans un hôtel cinq étoiles. Des couchettes basses et moelleuses, du parquet en bois lustré et des hublots de tous les côtés. Le dîner était dressé pour deux sur le pont extérieur, avec des couverts en argent, des verres en cristal, des chandelles et des roses. Une bouteille de vin attendait d'être débouchée.

Je regardai tout cela avec émerveillement pendant qu'Ajax discutait avec le capitaine.

— Un bateau, soufflai-je quand il contourna la table pour venir reculer ma chaise.

Je me sentais comme une gosse devant un jouet magnifique.

— Je ne suis jamais montée à bord d'un yacht. Il est à toi ? Où allons-nous ? On va vraiment dîner ici ?

— Assieds-toi et je te le dirai, répondit Ajax, amusé.

J'obéis, ravalant mes questions, et contemplai la marina. Il y avait des yachts de toutes les tailles, certains avec des voiles gracieuses, d'autres gigantesques – un terrain de jeu pour grosses fortunes.

Ajax m'avait confié qu'enfant il rêvait de voguer vers l'horizon. Ce bateau devait donc être le sien. Et il m'invitait à bord. Magique.

Son regard était plein de chaleur quand il s'assit en face de moi et mon cœur s'accéléra.

— Non, il n'est pas à moi, dit-il en nous servant du vin. Mais j'envisage de l'acheter. En fait, c'est une sortie test.

Ses yeux bleus plongèrent dans les miens.

— Nous allons faire le tour du port pendant que nous dînons.

J'adorais cette idée. J'étais déjà venue sur le port, bien sûr, mais toujours escortée de mes gardes du corps. Jamais seule avec un homme qui me plaisait.

Certes, Ajax n'était pas de tout repos. Il était autoritaire, arrogant, dominateur. Mais je me sentais bien quand il était près de moi. Et j'aimais la façon dont son esprit fonctionnait. Il voyait toujours le tableau dans son entier alors que moi, j'avais tendance à cibler les petits détails.

Comme dans la vie. Je connaissais certaines facettes de sa personnalité, mais j'avais le sentiment qu'il ne me montrait que ce qu'il voulait que je voie.

Mais moi, c'était l'ensemble que je voulais découvrir.

Peut-être y parviendrais-je ce soir.

Dix minutes plus tard, nous voguions sur l'eau, le port illuminé et les gratte-ciel de la ville face à nous.

Je contemplais le paysage nocturne de toute mon âme. La vue était magnifique. L'odeur de sel, l'eau sombre autour de nous, la chaleur de la nuit. Je me sentais intensément vivante. Comme si mille possibilités vibraient dans l'air. De petites images auxquelles je n'avais jamais songé jusqu'ici parce qu'elles m'étaient interdites dansaient dans ma tête.

Une vie normale, un travail, un chez-moi, des amis, un homme que j'aimerais.

Mon cœur s'arrêta de battre.

Un homme que j'aimerais…

Comme celui qui est là, en face de toi ?

Le choc m'ébranla. Ajax m'avait kidnappée, délivrée. Il m'avait appris le plaisir, il m'avait rendu l'estime de moi-même. Il m'avait autorisée à être moi et il m'avait acceptée telle que j'étais.

Il m'avait expliqué que le sacrifice de ma mère n'avait pas été vain, parce qu'elle m'avait permis d'exister.

L'homme que j'aimais… Ajax.

Tu l'aimes. Tu l'aimes depuis la minute où tu l'as rencontré !

Stupidement, mes yeux s'emplirent de larmes.

— Tu as l'air triste.

Sa voix grave m'enveloppa dans un cocon de chaleur.

— Ça ne va pas ? Je pensais qu'une promenade sur l'eau te ferait plaisir.

Je cillai fébrilement. Dieu, je ne voulais pas

pleurer. Je ne savais même pas pourquoi je versais ces larmes.

Bien sûr que si, tu le sais.

J'étais amoureuse d'Ajax King et cet amour était impossible. Parce que, si je ne retournais pas auprès de mon père, il ne quitterait pas Sydney et il resterait une menace pour la ville qu'Ajax avait juré de protéger. Et pour sa famille.

Comment aurais-je pu lui demander de me garder près de lui ? De me faire passer avant ceux qu'il aimait ? Je ne voulais pas être égoïste à ce point.

Je me forçai à sourire, le cœur douloureux.

— C'est encore cette stupide émotivité, mentis-je. Je suis si heureuse d'être ici !

Puis, parce que je ne pouvais pas m'en empêcher, j'ajoutai :

— Avec toi.

Quelque chose vacilla dans son regard et son sourire s'effaça.

— Il faut que je te parle, Imogen.

Je déglutis. L'instant crucial était arrivé. Je savais ce qu'il allait dire. J'ignorais d'où me venait cette certitude, mais je le savais. Peut-être parce que je venais de découvrir que je l'aimais et que cet amour était impossible.

Je serrai les poings sous la table en priant pour rester digne.

— Inutile : tu as parlé avec mon père, je vais le rencontrer, et ensuite je repartirai chez lui.

Il garda le silence, les yeux rivés sur moi.

Bien sûr qu'il allait me ramener à mon père. Je

n'avais aucune raison d'être déçue, c'était prévu depuis le départ.

— Non, répondit-il lentement. Tu ne repartiras pas chez ton père.

Le choc me fit sursauter, comme si j'avais refermé les doigts sur un fil électrique dénudé.

— Que… Quoi ?

— J'ai changé d'avis.

Son regard intense me brûlait.

— Je te garde avec moi.

Je te garde avec moi…

L'émotion me comprima la poitrine, bloquant ma respiration.

— Tu ne peux pas, articulai-je avec peine. Tu ne peux pas me garder. Mon père va…

— Je passerai un accord avec lui. Je trouverai un arrangement.

Pendant une seconde, son regard chaleureux devint glacial.

— Mais tu ne retournes pas chez lui. Fin de l'histoire.

— Mais… Où vais-je aller ? balbutiai-je. Qu'est-ce que je vais devenir ? Comment est-ce que je…

— Tu n'as pas entendu ce que je viens de te dire ? Je te garde avec moi.

— Je… Tu es sérieux ?

— Je n'ai jamais été aussi sérieux de ma vie.

La bulle d'émotion en moi grandit, grandit…

— Mais pourquoi ?

— Parce que c'est un salaud et je ne veux plus qu'il te fasse du mal. Jamais. Et en plus…

La flamme familière embrasa son regard.

— Je n'en ai pas encore fini avec toi.

Je secouai la tête, la gorge si serrée que je pouvais à peine parler.

— Mais tu sais bien que, si je reste, mon père ne quittera pas Sydney. Il cherchera à me récupérer par tous les moyens et…

— Je m'occuperai de lui.

— Mais tu as dit que rien ne se mettrait en travers de ta volonté de protéger ta ville. Pas même moi.

— Je ne me suis jamais autorisé à penser à moi. Tu es mon premier caprice. J'aime ce que je vis avec toi et je… je ne veux pas que ça s'arrête. Je veux protéger cette ville, ma famille, mais je veux aussi t'avoir, toi. Bon Dieu, je ne vois pas pourquoi je n'en aurais pas le droit !

L'émotion m'écrasait. Comme une faim immense, multipliée par le désir, transformée en quelque chose de si intense que je ne pouvais pas respirer.

Je l'aimais. Mais espérer qu'il me rende un jour mes sentiments était trop demander. Ajax était trop concentré sur son projet, il m'avait révélé lui-même combien celui-ci était important pour lui. Plus important que je ne le serais jamais.

Papa ne t'a jamais aimée. Pourquoi Ajax King t'aimerait-il ?

Non, il ne m'aimerait pas. Inutile de se cacher la vérité. Il l'avait dit lui-même, je n'étais qu'un caprice.

— Pourquoi ? demandai-je malgré moi. Si c'est pour le sexe…

— Ce n'est pas pour le sexe. Je veux te garder parce que je n'ai jamais vu une femme me regarder comme tu le fais. Parce que tu es la seule à ne pas avoir eu peur de moi au premier abord. Parce que tu es belle. Parce que tu es généreuse et tendre. Parce que je suis fasciné par la vivacité de ton esprit.

La flamme dans ses yeux se fit plus intense encore.

— Parce que tu es un défi à toi toute seule et parce que tu rayonnes d'un tel optimisme que tu m'aveugles de ta lumière.

Il m'avait dit ces choses magnifiques dans la cuisine, le jour du bacon, mais je ne l'avais pas cru alors. Pas jusqu'à maintenant. Pas jusqu'à ce que je voie la vérité brûler dans son regard.

J'essayai de déglutir, sans y parvenir.

— Je n'ai jamais pu réaliser mes rêves, poursuivit-il, parce qu'à chaque fois ceux que j'aime deviennent des cibles. Toi, je peux te protéger. Et je te protégerai.

Son expression s'était faite presque suppliante.

— Je veux te garder auprès de moi, Imogen. Est-ce que tu veux bien de moi ?

L'émotion me dévorait comme un incendie de forêt.

Combien de temps cela durera-t-il ? Qu'adviendra-t-il de toi le jour où ce sera terminé ?

Peu m'importait. Demain n'avait pas d'importance.

Seul aujourd'hui comptait.

Le présent était mon seul trésor.

— Oui.

Je ne pouvais pas mentir, même pour me protéger.

— Bien sûr que je veux bien de toi ! Je te veux plus que tout au monde !

Ses yeux étaient d'un bleu profond, immense, comme cet horizon vers lequel il voulait voguer autrefois, pour voir ce qu'il y avait de l'autre côté. Ajax était un défi infini. Jamais ma passion pour lui ne s'éteindrait.

— Alors reste !

Il me regardait comme si j'étais le centre de son univers.

— Reste avec moi, Imogen.

Comment lui résister ?

— D'accord, dis-je d'une voix que l'émotion brisait. Je reste.

Le soulagement se peignit sur son visage.

— J'ai dit à ton père qu'il pourrait te voir la semaine prochaine. Je profiterai de la rencontre pour lui annoncer que je te garde avec moi.

Je mourais d'envie de lui demander comment il comptait s'y prendre pour tenir mon père à distance et gérer les conséquences de sa décision, mais je gardai le silence. Je ne voulais pas y penser maintenant.

— D'accord, répétai-je d'une voix tremblante.

— Je te préviens, par bien des côtés, je suis comme ton père.

Faux ! Bien sûr, il avait été élevé par un monstre et, pour abattre ce monstre, il avait dû en devenir un. Le prix à payer avait été très lourd.

Il s'était isolé. Il avait renoncé à sa liberté, au bonheur. Mais cette envie de vivre qu'il avait en lui n'avait jamais disparu. Je la voyais étinceler dans ses yeux chaque fois qu'il me touchait. Et je la reconnaissais parce que je la ressentais moi aussi, tous les jours.

Je ne pouvais pas lui avouer l'étendue des sentiments que j'éprouvais pour lui, pas sans m'exposer à une souffrance cent fois plus grande. Mais je voulais lui offrir quelque chose en retour.

Je voulais lui rendre ce qu'il m'avait donné.

— Tu sais pourquoi je veux rester avec toi ? soufflai-je d'une voix rauque.

Il secoua la tête en silence sans cesser de scruter mon regard.

— Parce que tu es prêt à tous les sacrifices pour ceux que tu aimes. Parce que tu penses d'abord aux autres. Même pendant l'amour. Parce qu'avec toi je me sens chérie comme un objet précieux. Parce que tu es honnête et bon et que tu me donnes envie de me surpasser à chaque instant.

Je baissai un instant les yeux, hésitant à ajouter encore quelque chose, puis me lançai :

— Et parce qu'au fond de toi tu es aussi seul que je le suis.

19

Ajax

Elle lisait dans mon âme.

J'ignorais comment, mais elle avait ce pouvoir.

Ses yeux verts perçaient mon armure. Elle voyait la faille cachée sous ma cuirasse.

J'étais seul à en crever, et ce depuis toujours. Et j'avais désespérément besoin d'être à deux.

C'était au moment où elle était montée à bord et qu'elle m'avait souri comme si j'étais celui dont elle rêvait depuis toujours que j'avais compris. Celle que j'attendais sans le savoir, c'était elle.

J'avais essayé de la tenir à distance, mais il était impossible de résister au tourbillon Imogen.

Je ne pouvais pas la ramener à son père. Ni maintenant, ni jamais.

White serait fou de rage et il chercherait sans nul doute à se venger, mais tant pis. Je ne laisserais pas ce salaud se servir d'elle comme il l'avait fait jusqu'ici, ni lui raconter encore qu'elle ne valait rien et qu'elle devait payer pour la mort de sa mère.

De toute façon, Imogen était une drogue dont je

ne pouvais plus me passer. Sans elle, je ne pourrais pas continuer à vivre. Elle avait compris que nous étions deux âmes sœurs, avides de choses dont nous avions été cruellement privés. L'amour, la tendresse, une promesse d'avenir.

La garder était une décision égoïste, parce qu'elle ne serait jamais libre avec moi. Elle deviendrait une cible, escortée vingt-quatre heures sur vingt-quatre par des gardes du corps.

Elle ne serait seule qu'en ma présence, ou chez moi.

Ce n'était pas juste, mais il n'y avait pas d'autre solution. À part la ramener à son père.

Si, il y en a une : tu pourrais la laisser partir.

Non ! Tout mon être se rebellait contre cette idée.

La laisser partir pour aller où ? Son père resterait toujours une menace pour elle et, de toute façon, elle m'appartenait. À moi et à moi seul.

Ses yeux verts scintillaient comme des émeraudes. Une flamme brûlait dans leurs profondeurs, une flamme que je n'y avais jamais vue. Son visage était pâle dans la nuit et cependant il rayonnait de toute la force de son émotion.

Pour moi.

Je voulais lui dire qu'elle avait raison, que j'avais désespérément besoin d'elle. Mais plus qu'avec des mots, ce que je voulais par-dessus tout, c'était le lui montrer.

Je me levai et quand je me penchai pour la soulever dans mes bras, elle prit mon visage entre ses mains et m'embrassa comme si elle mourait de soif et que j'étais un verre d'eau fraîche.

Négligeant notre dîner, je la portai dans la cabine,

lui retirai sa ravissante robe verte et l'allongeai sur la couchette. J'accédai à toutes ses demandes et lui prouvai cent fois avec mes mains, mes lèvres, mon corps, combien elle comptait pour moi, combien elle était essentielle à ma vie.

Ensuite je remontai chercher le dîner, qui se transforma en pique-nique improvisé sur le lit. Les documents qu'elle avait apportés s'étalèrent tout autour de nous sur les draps et, avec le débit d'une mitraillette, elle m'expliqua ce qu'elle avait découvert sur les logements sociaux.

J'aurais pu l'écouter toute la nuit. Elle avait un esprit rapide et pragmatique, elle avançait de point en point, étudiant chaque angle, analysant chaque problématique avec beaucoup plus d'attention et de profondeur que moi. J'avais une vision globale du projet alors qu'elle soulignait une multitude de petits détails que je n'avais pas remarqués ou que j'avais laissés de côté.

— Tu devrais superviser le chantier, dis-je soudain. Tu es faite pour ça.

Elle écarquilla les yeux.

— Qui, moi ? Je ne sais même pas de quoi je parle !

Elle était assise en tailleur sur la couchette, le drap remonté autour de sa taille. Les lumières du port qui filtraient par le hublot éclairaient sa peau nue, ses pommettes étaient roses d'excitation, ses yeux brillaient comme des bijoux mystérieux.

Elle était magnifique.

Et elle est à toi. Rien qu'à toi.

Un sentiment de plénitude, tel que je n'en avais pas éprouvé depuis des années, m'envahit.

— Tu apprendrais très vite. Je pense sincèrement que c'est un travail pour toi. Il faut un esprit vif, capable d'épingler un tas de détails et de saisir les idées au vol. Et puis, je serai là pour te recentrer en cas de besoin.

Un pli creusa soudain son front.

— Non, tu ne peux pas me confier une telle responsabilité. Je n'y connais rien en architecture, en construction ni même en management. Je n'ai aucune expérience dans aucun domaine. Je ne saurais même pas par où commencer.

— Je te l'ai dit, je t'aiderai.

Je lui souris.

— Gamine, ta vivacité d'esprit est un don. Il suffit de la canaliser et tu feras des étincelles. Ton énergie et ton regard neuf sont ce qui manquait à ce projet. Je l'ai conçu, mais j'ai besoin de quelqu'un avec une vision pour le porter.

Je lui caressai la joue.

— Tu as cette vision. Tu as l'énergie. Tu as la passion. La seule chose qui te manque encore, c'est de prendre confiance en toi.

— Tu le penses réellement ?

— Je ne le dirais pas si ce n'était pas le cas. Et puis, choisir la bonne personne pour un travail fait partie de mon job et je suis très calé dans ce domaine.

Je fis glisser ma main vers son menton.

— Je ne me suis jamais trompé.

— Tu te trompes peut-être sur moi.

— Non.

J'enfouis mes doigts dans ses cheveux, les refermai sur sa nuque et l'attirai à moi.

— Je suis sûr que non.

Elle ne dit plus rien.

Plus tard, comme nous étions montés sur le pont pour contempler les lumières de Sydney qui miroitaient sur l'eau, elle se blottit contre moi et je l'enlaçai. Son corps voluptueux épousait le mien à la perfection.

Pour la première fois de ma vie, je m'autorisai à penser à un avenir rempli d'éclats de rire et de tendresse. Une famille, des enfants. Une femme.

Tout ce dont je n'avais jamais osé rêver, sachant que cela m'était interdit.

Tu crois vraiment qu'après tout ce que tu as fait tu le mérites ?

Un sentiment de possessivité mêlé de colère me fit serrer les dents. Non, je ne le méritais pas, mais je m'en moquais. J'avais travaillé dur pour protéger Sydney de salauds comme mon père, pour faire en sorte que mes frères soient enfin heureux après tout ce qu'ils avaient enduré. Maintenant, c'était mon tour !

Et après, quoi ? Tu vas aussi te raconter que tu es le héros qu'elle croit voir en toi ?

Et quand bien même ? Ce serait si terrible ?

Un souvenir me revint. J'étais dans cet entrepôt aux côtés de mon père. Il venait de massacrer cet homme ligoté sur sa chaise et il m'avait expliqué en souriant ce qu'il attendait de moi : une loyauté sans faille. Et ce qui se passerait si je le décevais un jour.

— Tu imagines Xander ou Leon sur cette chaise ?

Son regard n'avait pas cillé tandis que tout en moi se figeait.

Non, tu n'es pas un héros. Les héros ne laissent pas ceux qu'ils aiment se faire détruire.

J'avais treize ans. Qu'aurais-je pu faire ? Devenir la marionnette de mon père était le seul moyen que j'avais eu de les sauver.

Imogen se tenait devant moi et j'avais les deux bras autour de sa taille. Elle s'inclina en arrière pour poser sa tête contre ma poitrine.

Son parfum de rose s'était effacé. Elle sentait mon savon et un petit quelque chose d'indéfinissable, délicatement féminin. Comme si elle avait pris mon odeur et l'avait faite sienne.

Je déposai une pluie de baisers dans ses cheveux tout en resserrant l'étreinte de mes bras.

Dès que son père saurait qu'elle restait avec moi, je devrais revoir tout mon système de sécurité et prendre des mesures de protection encore plus drastiques. Mais je ne voulais pas y penser maintenant. Je voulais juste profiter du moment présent. La laisser goûter à la liberté pendant qu'elle le pouvait encore, car une fois que son père serait au courant, cette liberté prendrait fin.

Faire d'elle ta prisonnière, c'est ce que tu veux ? Elle mérite mieux que ça, non ?

Je repoussai cette pensée et l'attirai plus près de moi.

Elle m'avait choisi et je la gardais, un point c'est tout.

— Vivre avec moi ne sera pas facile, murmurai-je dans la nuit. Tu en as conscience, n'est-ce pas ?

— Oui, acquiesça-t-elle calmement. Je vais devenir une cible, c'est ça ?

— Oui.

Je ne voulais pas enjoliver la réalité.

— J'ai beaucoup d'ennemis.

— Je m'en accommoderai.

— Les mesures de sécurité seront draconiennes. Il y aura des gardes du corps partout.

— Je comprends. Mais cela m'est égal, du moment que je suis avec toi.

Un jour, ça ne lui sera plus égal. Elle te détestera. Elle partira.

Je serrai les dents.

— J'essaierai de te laisser autant de liberté que possible. Une fois réglé le problème avec ton père…

Elle se retourna dans mes bras et leva le menton pour me regarder.

— Ne lui fais pas de mal, Ajax.

La prière dans sa voix me prit par surprise, tout autant que son aptitude à lire dans mes pensées.

— Je n'en ai pas l'intention.

Ma réponse sonna faux même à mes propres oreilles.

Elle me fixa du regard.

— Et promets-moi de ne pas prendre de risques. Il n'en vaut pas la peine.

— Ta sécurité mérite qu'on prenne des risques.

— Non, trancha-t-elle. Parfois la fin ne justifie pas les moyens, surtout si elle implique que tu te fasses tuer ou jeter en prison.

Elle se trompait. La fin justifiait *toujours* les moyens.

Je la regardai dans les yeux.

— Et si l'enjeu est ta liberté ?

Elle ne cilla pas.

— Je ne mérite pas ce genre de sacrifice, Ajax. Et je ne le veux pas. Tu as déjà renoncé à beaucoup trop de choses dans ta vie. Ça suffit.

— Ta mère pensait que tu méritais ce sacrifice.

Ses yeux s'assombrirent.

— Ma mère n'a pas eu le choix.

— Imogen…

Elle posa un doigt sur mes lèvres pour me réduire au silence.

— Non. C'est la seule chose à mes yeux qui n'est pas négociable.

Je mordis doucement son doigt et nous trouvâmes immédiatement un sujet de distraction.

Mais je ne parvins pas à chasser de mon esprit le sentiment que je commettais une erreur en décidant de la garder avec moi.

Une erreur que nous risquions de payer tous les deux.

20

Imogen

Les quelques jours qui suivirent furent les plus heureux de ma vie.

Je passai des heures à travailler sur le projet de logements sociaux et à discuter avec Ajax des améliorations que nous pourrions y apporter.

Je restais convaincue que c'était de la folie de me confier les rênes, mais il avait une telle confiance en moi que je finissais par y croire. Et je me donnais à fond pour lui prouver qu'il avait raison.

Voir mes idées prendre forme était exaltant. Il y avait énormément de détails à gérer en même temps, mais Ajax m'avait montré la méthode à suivre pour m'organiser et je l'appliquais à la lettre.

J'adorais l'idée qu'au final notre travail serait utile à des gens.

Pour la première fois de ma vie, je mettais ma passion au service des autres au lieu d'engranger des connaissances qui ne me servaient à rien.

Bien sûr, nous ne faisions pas que travailler.

Nous parlions de tout et de rien, de nos plats

préférés, des pays que nous aimerions visiter. Un matin, je lui demandai ce qu'il faisait pendant son temps libre.

— Je n'ai pas de temps libre.

Je secouai la tête en riant.

— Ce n'est pas possible. Tu as forcément un hobby. Un jardin secret.

Un peu plus tard dans la journée, il me montra un hangar au pied de la falaise. Il y gardait un petit yacht. Il m'expliqua qu'il l'avait acheté de nombreuses années auparavant et qu'il avait appris seul à naviguer. Mais il avait rarement eu l'occasion de sortir en mer, parce que son père ne lui laissait aucun répit.

— Tu m'emmènes faire un tour ?

Je m'assis à la proue et le regardai déployer les voiles et effectuer des manœuvres savantes avec les cordages. Ses mains maniaient la barre avec dextérité tandis que nous fendions l'eau bleue.

Le soleil faisait briller ses cheveux noirs et ses yeux avaient la couleur du ciel tandis qu'il regardait les voiles se gonfler.

Je me rendis compte tout à coup que la tension avait totalement disparu de son visage. Cette promenade en mer, avec le vent qui faisait claquer les voiles, c'était pour lui la liberté.

Ici, il n'avait rien à redouter, personne à protéger. Tout ce qu'il avait à faire, c'était garder un œil sur le ciel et tenir le gouvernail.

Mais désormais, il a un nouveau sujet d'inquiétude. Toi.

Je n'aimais pas ce qu'il avait dit sur le pont du yacht l'autre nuit, quand il avait laissé entendre qu'il ferait tout pour me protéger. J'avais très peur de ce qu'il serait prêt à sacrifier pour moi.

Sa liberté ? Sa vie ?

Il avait déjà risqué son âme pour mettre son père hors d'état de nuire. Il avait renoncé au bonheur et à ses rêves d'avenir.

Ce n'était pas juste. Il s'occupait de tout le monde et personne ne s'occupait de lui. Bien sûr, il avait des frères mais ceux-ci avaient-ils conscience de ce qu'Ajax avait fait pour eux ? De ce qu'il continuait à faire, aujourd'hui encore, pour garantir leur sécurité ?

Cette pensée me bouleversait et, plus nous nous rapprochions du jour où il allait annoncer à mon père que je restais avec lui, plus mon angoisse grandissait.

Mon père ne renoncerait jamais à me récupérer. Il chercherait à se venger par tous les moyens et il pousserait Ajax à commettre un acte terrible qui se solderait par…

Je ne voulais même pas penser à la façon dont cela pourrait se terminer parce que, dans tous les cas, Ajax paierait le prix fort.

Même s'il estimait que j'en valais la peine, je n'étais pas de cet avis. Il était plus important que moi, plus important que ma liberté et il en serait toujours ainsi.

Pendant deux jours, j'essayai de savoir comment il comptait négocier avec mon père mais, à chaque fois, il trouvait un prétexte pour changer de sujet ou me répondait de ne pas m'inquiéter.

Il pensait que je m'inquiétais pour ma sécurité.

Mais il se trompait. Je ne pensais qu'à lui.

L'avant-veille du jour planifié pour la rencontre avec mon père, il faisait un temps magnifique et je lui demandai de m'emmener sur son yacht.

Je me disais qu'il serait peut-être plus enclin à me parler sur ce bateau qui le rendait si heureux. Mais le vent gonflait les voiles, la coque fendait les vagues, et il y avait une telle joie sur son visage que je n'eus pas le cœur à tout gâcher.

— Regarde, là !

Je suivis la direction de son doigt et j'aperçus une forme grise qui filait à la même vitesse que nous.

— C'est un dauphin ?

— Je crois, oui.

Il y avait de l'émerveillement dans sa voix. Je me retournai pour le dévisager. Je ne l'avais jamais vu aussi heureux. Le dauphin sauta par-dessus les vagues et Ajax éclata de rire – le rire d'un petit garçon. À cette seconde, c'est ainsi que je le vis : un enfant enthousiasmé par la magie de la Nature.

Mon cœur se serra comme une serviette mouillée qu'on tord pour l'essorer.

Ici, il était libre. Je lisais cette liberté sur son visage, dans son sourire, dans son rire. Dans sa façon de tenir la barre.

C'était ainsi qu'il devrait vivre.

Il n'était pas ce mafieux dangereux et cruel dont tout le monde avait peur.

C'était un homme courageux et bon qui n'avait pas eu d'enfance et qui voulait sentir le vent du large dans ses cheveux et le soleil sur son visage, qui voulait regarder les dauphins sauter près de lui dans les vagues.

Je ne pouvais pas le laisser sacrifier cette liberté pour moi.

— Tu l'as vu bondir ? demanda-t-il avec un sourire rayonnant.

Les larmes me brûlèrent les yeux.

— Non. Je l'ai manqué.

Je me tournai pour localiser la forme du dauphin sous l'eau et battis rapidement des cils pour chasser mes larmes.

S'il ne voulait pas se sauver lui-même, je prendrais la décision à sa place.

Parce que j'étais la seule à pouvoir le faire.

De retour à la maison, je prétextai vouloir travailler sur les plans du projet d'immeuble pour monter dans son bureau.

En réalité, j'envoyai un mail à mon père pour lui dire que je rentrais à la maison.

Tout fut réglé en quelques échanges. Le lieu, l'heure. Une voiture m'attendrait.

Je n'aurais qu'à dire à Ajax que j'avais besoin d'un chauffeur pour aller faire des courses en ville. Et je ne reviendrais pas.

La perspective de retrouver ma prison me glaçait et me rendait malade, mais l'idée qu'Ajax risquait de tout perdre pour me protéger était bien pire.

Je pouvais supporter d'être le trophée de mon père pendant quelques années encore. Ce ne serait pas pour toujours. Je finirais bien par trouver un moyen de m'échapper.

Obtenir une voiture avec chauffeur pour aller

faire des courses fut incroyablement simple. Je ne pensais pas qu'il serait aussi facile de duper Ajax. Quand la voiture arriva et que je vins lui dire au revoir, il leva à peine les yeux de son ordinateur.

C'était la dernière fois que je le voyais et cela me fit mal qu'il ne m'accorde pas un regard quand je me penchai pour l'embrasser.

Mais c'était mieux ainsi. S'il avait vu mon visage, il m'aurait demandé ce qui n'allait pas et je n'aurais probablement pas eu la force de lui mentir.

J'effleurai donc sa joue d'un baiser, je respirai une dernière fois son odeur pour la graver à tout jamais dans ma mémoire.

— À tout à l'heure, dit-il, les yeux sur son écran.

Je ne répondis pas, de peur que ma voix me trahisse. Je tournai les talons et quittai la pièce. Je ne laissai mes larmes couler qu'une fois installée dans la voiture.

Je ne voulais pas le quitter, mais il n'y avait pas d'autre solution.

Je l'aimais et, s'il y avait une chose qu'Ajax King m'avait apprise, c'était que, contrairement à mon père qui utilisait mes sentiments pour servir ses intérêts, Ajax n'était pas égoïste. Il pensait aux autres avant de songer à lui-même.

Je ne pouvais pas faire moins.

Quand la voiture démarra, je ne regardai pas en arrière. Je ne pensais qu'à serrer les dents pour contenir mes sanglots.

Le chauffeur se gara devant les grands magasins, comme je le lui avais demandé et je scrutai la cohue, cherchant des yeux les gardes du corps de mon père. Il était convenu qu'ils m'attendent près de l'entrée.

Un homme massif sortit de la foule et la peur me prit à la gorge.

Refoulant ma panique, j'ouvris courageusement la portière.

— J'en ai pour dix minutes, dis-je au chauffeur.

Avec un peu de chance, il ne me suivrait pas.

Les allées étaient bondées et je me mordis les lèvres pour ne pas hurler au secours quand le garde du corps de mon père m'attrapa par le coude et m'entraîna vers une longue voiture noire aux vitres teintées garée dans une petite rue adjacente.

Je redressai le menton lorsqu'il ouvrit la portière arrière.

Je montai en serrant les poings, m'assis sur la banquette et pivotai vers mon père.

Mon cœur cessa de battre.

L'homme installé à côté de moi n'était pas mon père.

— Re-bonjour, Imogen, dit Ajax.

21

Ajax

Je vis le choc se refléter dans les yeux verts immenses. Ils étaient remplis de larmes.

Elle avait pleuré pour moi !

L'émotion me transperça la poitrine comme un coup de poignard. J'aurais voulu prendre Imogen dans mes bras, la serrer très fort et ne plus jamais la laisser partir…

Mais je n'étais pas là pour ça.

J'étais là pour lui rendre sa liberté.

— Ajax ? balbutia-t-elle. Comment… ? Qu'est-ce que tu fais là ?

Croisant le regard du chauffeur dans le rétroviseur, je lui fis signe de démarrer.

— Je sais quelle était ton intention, Imogen, déclarai-je calmement. Je sais que tu retournais chez ton père.

Elle cilla, ouvrit la bouche, puis la referma comme si elle avait peur de craquer si elle parlait.

— J'ai vu le mail que tu lui as envoyé, expliquai-je.

— Ce n'est pas possible, souffla-t-elle. J'ai tout effacé.

— L'un de tes messages est resté bloqué dans les brouillons.

Elle devint livide.

— Je n'allais pas te trahir, je te le jure ! plaida-t-elle. Ce n'est pas pour ça que je retournais avec lui.

— Je sais.

Je savais bien pourquoi elle avait décidé de s'enfuir. La connaissant, il n'y avait qu'une explication possible.

— Tu voulais me préserver, c'est ça ?

Une larme coula sur sa joue.

— Tu ne peux pas me garder avec toi, Ajax. Mon père se vengerait et toi, tu serais prêt à faire des choses terribles pour me protéger. Je ne veux pas. Il vaut mieux que je parte. Une fois que nous aurons quitté Sydney, mon père et moi, tu n'auras plus à t'inquiéter.

Si seulement c'était aussi simple…

La laisser se sacrifier aurait certes été la meilleure solution.

Mais plutôt mourir.

Ces derniers jours m'avaient prouvé que sa présence était devenue vitale pour moi. Imogen avait transformé mon existence. Elle seule pouvait accomplir un tel miracle.

En découvrant le mail qu'elle avait cru envoyer à son père, j'avais compris que je ne pouvais la garder égoïstement avec moi.

Je devais la laisser s'en aller, déployer ses ailes, découvrir le monde. Elle avait le droit de vivre sa vie, d'être heureuse et insouciante, sans que son ordure de père se serve de la mort de sa mère pour la tenir à sa merci.

Je n'avais pas le droit de l'enfermer dans une maison transformée en bunker.

Parce que c'était ce qui arriverait si elle restait avec moi.

J'avais accepté cette vérité en lisant son mail. Elle lui disait qu'elle acceptait de revenir à condition qu'il promette de me laisser tranquille.

À cet instant, j'avais su ce qui me restait à faire. Imogen méritait mieux que de vivre en captivité avec moi.

— Tu ne retournes pas chez ton père, gamine, dis-je gentiment.

Elle cilla, les yeux brillants de larmes contenues.

— Alors je vais aller où ?

— Je t'emmène à l'aéroport.

Je m'étais efforcé d'adopter un ton léger mais sans y parvenir.

— Un jet privé de King Enterprises est prêt à décoller avec toutes les informations dont tu as besoin. Un de mes amis à New York t'accueillera à ton arrivée et t'aidera à t'installer.

Elle ne dit rien, mais une rougeur envahit peu à peu son visage. Ses yeux étincelèrent. Ce n'était ni de la peur ni de l'amertume, mais de la colère.

— Non, articula-t-elle froidement. Je ne vais nulle part. Je dois parler à mon père. Je ne le laisserai pas te pousser à commettre un acte dont tu paieras les conséquences toute ta vie.

Je réprimai un soupir. Elle me jetait mon passé à

la figure, mais elle avait raison. La pente glissante était là, devant moi. Si elle m'aspirait, je deviendrais un assassin, comme mon père.

Tu ne vaux pas mieux que lui. Vous êtes pareils, lui et toi.

— Accorde-moi un peu de crédit, ripostai-je en chassant cette petite voix de ma tête. Tu crois que je bousillerais tout ce que j'ai construit sur un coup de tête ?

— Et s'il s'en prend à moi ?

Elle releva le menton.

— S'il me fait du mal pour t'atteindre, tu réagiras comment ?

Je serrai les dents.

— Je ne…

— Tu le détruiras, sans te soucier des conséquences. Parce que tu fais passer ceux que tu aimes avant toi.

Elle se trompe. Tu ne penses qu'à toi.

Faux. Si c'était vrai, je ne m'apprêterais pas à l'envoyer à New York.

— Il faut que cela cesse, reprit-elle avec fougue. Tu veilles sans cesse sur tout le monde. Et toi, qui veille sur toi ?

— Je n'ai pas besoin qu'on veille sur moi !

— Oh ! Je t'en prie, épargne-moi la tirade du gros macho primaire ! riposta-t-elle avec colère. Tu as besoin d'être protégé et je ferai en sorte que tu le sois, que tu le veuilles ou non !

Je sentis la lame du poignard s'enfoncer un peu plus profondément dans ma poitrine. J'avais tendance à oublier combien cette femme était forte. Sous ses allures d'enfant fragile se cachait une volonté de fer. Elle vivait les situations passionnément, ardemment, et elle ne lâchait rien.

Mais cette bataille, elle ne la gagnerait pas. Je l'en empêcherais.

— C'est non. Fin de la discussion !

Ses yeux verts me transpercèrent.

— Tout se passera bien. Je ne suis plus celle que j'étais quand tu m'as kidnappée. Je ne laisserai plus mon père me traiter comme avant. Et puis, tôt ou tard, je finirai par trouver un moyen de lui échapper et alors…

— Non, tranchai-je d'une voix dure. Tu ne renonceras pas à ta liberté pour moi.

— Tu ne peux pas m'en empêcher, tout de même !

— Si, je peux. Et c'est ce que je vais faire.

Elle déglutit, les lèvres serrées. Ses cheveux rassemblés en queue-de-cheval formaient une cascade d'or sur son épaule.

Elle était si belle ! Son départ allait me tuer.

Mais ma décision était prise.

— Ajax, je tiens à toi plus que tout, dit-elle d'une voix rauque. Tu vaux un million de fois mieux que mon père et je refuse de te laisser courir à ta perte sous prétexte que…

— Et toi, tu vaux un million de fois mieux que moi, l'interrompis-je. C'est pour cette raison que tu vas monter dans ce jet.

Ses yeux étaient liquides dans la lumière qui venait de la voie rapide, mais il y avait du feu en eux aussi.

— Tu te trompes. Tu mérites tous les sacrifices du monde, Ajax King. Tu ne le sais pas ?

Ce n'est pas vrai. Tu ne vaux rien.

Elle était là, la vérité. Elle avait toujours été là. Je ne méritais pas qu'on se sacrifie pour moi.

— Pars ! Va vivre la vie qu'on t'a volée.

Elle me dévisagea quelques instants, puis détourna la tête.

— Et mon père ? Qu'est-ce que tu vas faire ? Parce que, si tu finis en prison à cause de lui, je te jure que je reviendrai et… et… je ne sais pas ce que je te ferai. Je te tuerai, je crois !

Une tendresse soudaine m'envahit, inattendue et douce – douce-amère.

Je lui caressai la joue.

— Non, tu ne me tueras pas.

Elle frissonna à mon contact et se tourna vers moi.

— Dis-moi que tu ne toucheras pas à mon père. Jure-le-moi, Ajax ! Promets-moi que tu ne feras rien qui puisse te conduire en prison !

Tu ne peux pas lui faire cette promesse.

— Imogen…

— Si tu ne me le promets pas, je reviendrai par le premier vol et tu ne pourras pas m'arrêter.

La détermination étincelait dans ses yeux.

— Tu veux me rendre ma liberté ? D'accord, mais à condition que tu conserves la tienne. Je ne partirai pas sans cette promesse.

— Bon sang, tu es têtue comme une mule !

— Pas plus que toi ! Je veux cette promesse. Ta parole de King.

Que lui dire ? Que je ne valais pas mieux que mon père ? Que, tout au fond de moi, j'étais exactement comme lui ? Aussi violent, aussi brutal et dépourvu de conscience…

Une fois qu'elle sera partie, il n'y aura plus personne pour t'arrêter. Tu pourras ramasser le sceptre que ton père a lâché et aller vers ton destin.

Sauf que cette promesse qu'elle exigeait de moi me ligoterait…

Imogen était la corde qui m'empêcherait de tomber au fond du gouffre et je ne pouvais pas refuser de la saisir sans lui faire du mal. Or je ne pourrais jamais, jamais lui faire de mal.

— Je te le promets, dis-je en la regardant dans les yeux. Tu as ma parole de King.

J'avais rompu une promesse avec son père, je ne le ferais pas avec elle. C'était un vœu. Un engagement solennel.

Elle le comprit et acquiesça d'un signe de tête. Puis elle se détourna pour regarder par la vitre.

— Tu peux me conduire à l'aéroport maintenant.

Cette distance soudaine qu'elle mettait entre nous me brisa. C'était comme si le soleil disparaissait soudain derrière les nuages et que je me retrouvais plongé dans l'obscurité. J'avais froid. J'eus envie de ramener Imogen tout contre moi, de laisser sa chaleur et sa lumière m'envelopper de nouveau.

Mais je ne bougeai pas. Si je la touchais, je ne pourrais jamais la laisser partir.

Nous n'échangeâmes plus un mot pendant le reste du trajet. À quoi bon ? Tout avait été dit.

Le jet attendait sur le tarmac. Imogen resta en retrait pendant que je discutais avec le commandant de bord et les officiers des douanes chargés des formalités du départ.

Je m'avançai ensuite pour lui prendre la main, avant de me raviser à la dernière seconde. Non. Je ne devais surtout pas la toucher. Ce serait une erreur dont je ne me remettrais pas.

Si elle perçut mon hésitation, elle ne le montra pas et me suivit jusqu'au jet. Je montai les marches avec elle.

La stewardess achevait de préparer la cabine.

— Pouvez-vous nous laisser quelques minutes ? lui demanda soudain Imogen.

L'hôtesse m'interrogea du regard. Comme je hochai la tête, elle sortit, nous laissant seuls.

Quand Imogen s'avança vers moi, une lumière familière brillait au fond de ses yeux verts.

Je me raidis

— Non, dis-je avant même qu'elle ne parle. Pas maintenant. Pas ici.

Ignorant ma protestation, elle posa la main sur mon torse.

Ce simple contact me coupa le souffle. Je me figeai.

— J'ai encore une requête, dit-elle doucement en levant les yeux vers moi. Je veux faire l'amour avec toi une dernière fois.

— Imogen…

— Puisque tu m'obliges à partir, je veux un souvenir à emporter avec moi.

Son regard me brûlait.

— S'il te plaît !

— Si je te touche, je ne pourrai plus te laisser partir, articulai-je d'une voix rauque.

— Tu te trompes. Tu me laisseras partir.

J'ignorais d'où lui venait cette certitude, parce que j'étais loin de la partager. Mais je ne pouvais pas repousser Imogen. Je n'en avais pas la force.

Je la laissai prendre mon visage entre ses mains et poser ses lèvres sur la mienne.

Elles avaient un goût de sel et de bonbon. Incapable de résister, je la broyai contre moi et écrasai sa bouche sous la mienne. Je la dévorai avec désespoir parce que c'était la dernière fois. Je ne l'embrasserais plus jamais. Je ne la serrerais plus jamais dans mes bras.

J'allais devoir vivre avec ce seul souvenir et je voulais qu'il brûle longtemps en moi.

Je la plaquai contre la porte fermée du cockpit. Mes mains tremblaient quand je les glissai sous ses fesses pour la soulever. Elle enroula les jambes autour de ma taille en parsemant mon visage de baisers brûlants, aussi affamée que moi.

Je bandai instantanément, mais chacun de ses baisers, chacune de ses caresses tournait le couteau dans la plaie. Retroussant sa robe, je glissai une main entre ses jambes, cherchant la chaleur humide de son sexe. Elle était mouillée de désir pour moi et tremblait sous mes caresses.

J'aurais voulu que cette dernière fois dure très longtemps, mais nous n'avions pas de temps. Elle déboutonna mon jean avec impatience, ouvrit ma braguette et glissa la main à l'intérieur de mon boxer pour refermer les doigts sur mon sexe.

J'enfouis le visage dans son cou, mordis et léchai sa peau douce. Je n'avais rien goûté d'aussi délicieux de toute ma vie. Je trouvai son clitoris et le caressai.

Elle laissa échapper un sanglot.

— Ajax…

Le couteau s'enfonça plus loin, m'infligeant une lente agonie. Mais cela ne suffit pas à m'arrêter.

Je sortis mon portefeuille de ma poche et le laissai tomber par terre à l'instant où je trouvai le préservatif.

Elle essaya de me prendre celui-ci des mains, mais je la devançai, déchirant l'étui avec mes dents puis déroulant le latex sur moi.

Je tremblais comme si Imogen était ma toute première partenaire.

Elle est la première. La première que tu aimes.

Je n'avais pas imaginé que cela changerait tout. Et pourtant, c'était le cas.

Je continuai à la fixer du regard et la pénétrai d'un coup de reins. Encore. Et encore. Plus fort. Plus vite.

Nous ne parlions pas et nos respirations haletantes remplissaient le silence de la cabine. Le monde s'était effacé, il se rétrécissait de plus en plus tandis que le plaisir s'enroulait autour de nous et nous liait l'un à l'autre.

Il n'y avait plus que nous. Moi en elle, elle autour de moi.

Sauf qu'elle allait partir très loin et pour toujours, et que c'était ma décision.

Comment vas-tu pouvoir vivre sans elle ?

La pensée était aussi vibrante que le vert de ses yeux. Mais je la repoussai. Je refusais de sonder le vide qui allait s'ouvrir sous mes pieds.

Je vivrais comme je l'avais toujours fait. Avec une froide détermination. Sans désir, sans émotions. Uniquement tourné vers le grand projet qui m'animait : protéger ma ville, la faire prospérer, écarter tout danger de mes frères.

Mais ce n'était pas ce grand projet que je voyais tandis qu'Imogen sanglotait dans mes bras, l'orgasme étincelant dans ses yeux. C'était elle que je voyais, et rien d'autre. Et quand mon propre plaisir m'emporta, annihilant toute pensée en moi, il n'y eut plus ni passé ni avenir. Seulement un moment magnifique que nous partagions.

Elle et moi. Unis au plus profond de nous-mêmes.

Je dus faire appel à toute ma volonté pour me détacher d'elle. Avec des gestes de robot, je la reposai sur le sol et me rajustai. Elle avait déjà lissé sa robe mais elle me laissa la conduire jusqu'à son siège et attacher sa ceinture. Je pris mon temps, savourant les ultimes secondes de sa présence.

Mais je ne pouvais différer son départ plus longtemps.

Je l'embrassai une dernière fois, puis me détournai pour partir.

— Ajax, dit-elle doucement.

Je m'immobilisai. Chaque fibre de mon être voulait se retourner, la prendre dans mes bras, l'emporter avec moi et la garder, pour toujours.

— Je t'aime.

Le couteau trouva mon cœur et s'y plongea jusqu'à la garde.

Je descendis du jet. J'étais un homme mort.

22

Imogen

Je me plaisais à New York. J'avais un logement et un travail : je saisissais des données pour une entreprise. Je l'avais trouvé toute seule, via les petites annonces. L'appartement, en revanche, m'avait été fourni par Ajax. J'aurais sans doute dû en chercher un moi-même, mais les loyers étaient chers et celui-là était trop joli pour que je le quitte.

Je m'étais fait des amis, avec qui je sortais boire un verre ou danser en boîte. J'allais pique-niquer à Central Park et me cultiver au Met. Je faisais du shopping. Je m'étais découvert une passion pour les comédies musicales et pour le parc d'attractions de Coney Island. Je raffolais même du métro.

La belle vie, quoi…

Seulement, il y avait cette douleur sourde, au fond de moi, qui ne voulait pas partir. Un vide que rien ne pourrait jamais combler. Un trou béant qui avait la forme d'Ajax.

Je m'étais jetée à corps perdu dans ma nouvelle vie pour lui faire plaisir. C'était ce qu'il voulait et je n'avais pas le droit de le décevoir en m'apitoyant sur mon sort.

Il m'avait donné sa parole de ne pas risquer la prison à cause de moi. Le moins que je puisse faire, c'était d'honorer en retour la promesse que je lui avais faite. Mais ce n'était pas facile.

De temps en temps, j'allais voir ce qu'on disait de lui sur Internet, pas pour le surveiller, mais pour m'assurer qu'il allait bien. Apparemment, oui. On parlait beaucoup des frères King et de l'immobilier de luxe qu'ils lançaient à Sydney.

Mais je ne poussais pas mes recherches plus loin. J'étais incapable de regarder une photo de lui, alors je refermais l'ordinateur et je me racontais à moi-même que j'allais très bien et que je n'avais pas un trou en forme d'Ajax au milieu du cœur.

Un soir, j'acceptai même de sortir avec un homme. Ce fut un désastre. Il était gentil, mais ce n'était pas Ajax et, après dix minutes d'une conversation contrainte, je finis par lui dire que j'étais amoureuse d'un autre et que j'étais désolée de lui avoir fait perdre son temps.

Je rentrai à la maison et me consolai avec mon vibromasseur tout neuf et mes souvenirs d'Ajax au bord de la piscine, dans la chambre, sous la douche. Partout, sauf dans l'avion avant mon départ de Sydney.

Le regard d'Ajax quand il m'avait tenue contre lui. Le tremblement de ses mains. L'agonie sur son visage quand il m'avait embrassée pour me dire adieu.

Son silence quand je lui avais dit que je l'aimais.

La façon dont il était parti sans un regard en arrière.

Ces souvenirs-là étaient beaucoup trop douloureux. Alors je les évitais.

Six mois après mon arrivée à New York, alors que je me préparais à passer une morne soirée devant la télé, mon téléphone sonna. Le numéro qui s'afficha m'était inconnu, mais l'indicatif était celui de l'Australie.

Mon cœur cessa de battre, puis il se remit à cogner à toute volée.

Était-ce Ajax ? Qui d'autre savait que j'étais ici ? Qui d'autre connaissait ce numéro ?

Je pris l'appel d'une main tremblante et une voix grave, masculine, demanda :

— Imogen White ?

Ce n'était pas Ajax.

Le soulagement et la déception me suffoquèrent avec une telle violence que j'en eus la respiration coupée.

— Elle-même, articulai-je avec peine. Qui parle ?

— Leon King. J'aimerais savoir ce que vous avez fait à mon frère pour le mettre dans cet état !

Le choc me paralysa.

— Pardon ?

— Ajax est imbuvable depuis six mois ! Je sais, ça ne change pas beaucoup, il n'a jamais été facile. Mais maintenant, il vit cloîtré chez lui et il refuse de nous voir, Xander et moi.

Il marqua un temps.

— On s'inquiète.

Je fermai les yeux. Son absence m'oppressait,

rendant encore plus douloureux le trou dans mon cœur.

— Je ne vois pas pourquoi vous m'appelez. Je n'y peux rien.

— Il est comme ça depuis votre départ, j'en conclus qu'il y a un rapport avec vous.

— Non, je ne crois pas.

Il y eut un silence.

— J'ai essayé de lui parler de vous, reprit Leon, de lui poser des questions. Mais il refuse de répondre. Rien que d'entendre votre prénom, ça le... Enfin, pour résumer, il n'est pas heureux.

Ma gorge était si serrée que j'avais du mal à parler.

— J'ai... Je lui ai donné ma parole que je resterais ici. Que je ne reviendrais pas à Sydney.

— Pourquoi ?

— Il veut que je vive libre.

— Bon sang ! grommela Leon d'un ton exaspéré. Écoutez, je ne sais pas ce qui s'est passé entre vous, mais vous ne pourriez pas vivre libre avec lui ici, en Australie ?

— Je lui ai donné ma parole, répétai-je en agrippant le téléphone. Je lui ai promis que je resterais à New York.

Leon soupira.

— C'est ce que vous voulez ?

Je pensais à ma vie ici. À mon travail, à mes amis, à mon appartement. C'était une vie agréable. J'avais tout ce dont j'avais toujours rêvé. Et pourtant...

Pourtant, il me manquait quelque chose d'essentiel : lui.

Les larmes me montèrent aux yeux.

— Pas vraiment.

— Alors revenez ! lança Leon d'une voix sèche. Rappliquez en vitesse et ramenez mon frère à la vie !

La douleur dans ma poitrine s'amplifia.

— Mais pourquoi vous ne le faites pas, vous ?

— Vous croyez que je n'ai pas essayé ? Il ne m'écoute pas et il n'écoute pas Xander non plus. Il n'y a que vous qui puissiez l'aider.

Pour la première fois, j'entendis une véritable inquiétude dans sa voix.

— Il faut revenir, Imogen. S'il existe un homme au monde qui mérite d'être heureux, c'est bien mon frère.

Je me mordis la lèvre. J'étais partie à New York pour lui obéir, parce qu'il souhaitait que je m'en aille. Je refusais d'être un poids supplémentaire pour lui. Ma présence à ses côtés serait une source de complications et il avait déjà tant de problèmes… Je m'étais dit que sa vie serait plus simple sans moi.

Tu mens. Tu sais très bien pourquoi tu n'as pas lutté.

La peur. J'avais peur qu'il ne ressente pas pour moi ce que je ressentais pour lui. J'avais peur de ne pas mériter un homme comme lui. Parce que ma mère était morte en me donnant la vie et que, de ce jour, j'avais perdu le droit d'être heureuse.

Mais refuser le bonheur ne rendait-il pas son sacrifice vain ?

Tu sais ce qui ferait honneur à sa mémoire.

Oui. Il n'y avait qu'une façon d'honorer son souvenir, une seule façon de rembourser ma dette. Et ce n'était pas par un autre sacrifice.

C'était en vivant heureuse. En aimant l'homme que j'avais choisi librement.

En montrant à un être qui avait tant donné aux autres que, si je méritais d'être heureuse, il le méritait tout autant.

Les larmes coulèrent sur mes joues.

— Alors ? demanda Leon comme le silence se prolongeait. Vous allez revenir ?

Cette fois, je n'hésitai pas.

— Oui ! répondis-je avec force. Oui, je vais revenir.

Le soir même, je réservai un billet d'avion et, le lendemain, je démissionnai de mon travail. Puis je fis mes valises.

Avant de partir, je passai un dernier coup de fil.

La sonnerie résonna longuement avant qu'il ne décroche, mais la voix de mon père n'avait pas changé. Froide, soupçonneuse.

— Qui est à l'appareil ?

— Bonjour, père. C'est Imogen.

Il y eut un silence suffoqué.

— Où es-tu ? Qu'est-ce que tu as fabriqué pendant tout ce…

— Je n'ai pas le temps de te parler, l'interrompis-je. Je voulais juste t'informer que je rentre en Australie et que je vais épouser Ajax King.

— Quoi ? Mais… Espèce de petite ingrate, je t'interdis de…

— Maintenant, écoute-moi bien, martelai-je durement. Si tu fais quoi que ce soit à Ajax, à sa famille ou à ses amis – je dis bien *quoi que ce soit* – je te jure que j'irai directement à la police et que je raconterai tout ce que je sais sur toi et sur tes affaires.

Je laissai passer quelques secondes pour qu'il ait le temps de digérer le message.

— Et je ferai en sorte que tout le monde sache quel homme tu es réellement.

Il y eut un autre long silence choqué.

— Imogen…

Je ne lui avais jamais entendu cette voix étranglée.

— À ta place, je quitterais Sydney, poursuivis-je. Et je ne m'aviserais pas de revenir. Jamais. Si tu fais cela, je me tairai. Mais si tu touches un seul cheveu des gens que j'aime, je te dénoncerai sans le moindre scrupule. Et tu finiras tes jours en prison.

Je sentais les ondes de sa fureur traverser le Pacifique. Mais il ne prononça qu'un seul mot :

— Entendu.

Le lendemain, je m'envolai vers la vie que j'avais toujours voulu vivre.

Et vers l'homme que j'aimais.

23

Ajax

On frappait à la porte d'entrée.

J'ignorai l'intrus comme j'ignorais tous les visiteurs depuis six mois. Écartant d'un revers de main les emballages de plats à emporter, je posai mon ordinateur sur la table basse, me servis une nouvelle rasade de Scotch et regardai l'écran.

J'avais délaissé mon projet de logements sociaux beaucoup trop longtemps, il ne pouvait plus attendre. Depuis des mois, je me comportais comme un mort vivant. Il fallait que ça cesse.

Après le départ d'Imogen, j'étais sorti en bateau tous les jours pour tenter de ranimer en moi une étincelle de vie. L'air marin, le sel, le soleil, les cordages entre mes mains et le claquement des voiles au-dessus de ma tête : en temps normal, tout cela suffisait à me remettre en selle.

Mais plus maintenant. Même l'océan ne parvenait pas à me sauver.

Tout était vide, sans relief. La lumière avait disparu de ma vie.

Je l'acceptais. Cela faisait partie du sacrifice. Savoir qu'Imogen était à New York et qu'elle vivait comme elle l'avait toujours rêvé m'aidait à supporter ce néant.

J'avais régulièrement de ses nouvelles par mon contact à New York. Toutefois, au bout de quelques semaines, je lui avais demandé d'arrêter de m'appeler.

Je préférais ne rien savoir.

Je m'étais jeté dans le travail, traquant sans merci les derniers lieutenants encore loyaux à mon père. J'avais achevé d'assainir la situation, mais j'avais respecté ma promesse à Imogen et laissé son père tranquille.

Naturellement, quand il avait découvert que j'avais arraché Imogen à ses griffes, il avait cherché à se venger, mais je n'avais pas réagi à ses provocations. Pas de surenchère, pas d'escalade.

Et White avait fini par se lasser.

Imogen partie, à quoi bon se faire la guerre ? Pour l'un comme pour l'autre, cela n'avait aucun sens.

Mes frères se rendaient compte que je n'allais pas bien et ils tentaient de m'extorquer des confidences. Mais je n'avais pas envie de leur parler.

Ils avaient auprès d'eux une femme qu'ils aimaient, ils étaient heureux et, si j'avais un seul motif de satisfaction, c'était bien celui-là.

Mes désirs personnels n'étaient jamais entrés en ligne de compte de toute façon. Pourquoi l'avais-je subitement oublié ?

Je fixai du regard le document qui venait d'apparaître sur l'écran d'ordinateur – les projets d'aménagement proposés par Imogen. Elle y avait mis tellement de passion, tellement d'enthousiasme…

Une douleur m'écrasa la poitrine, si violente que je dus reprendre mon souffle. Elle allait s'atténuer dans une minute et je redeviendrais ce robot hébété aux yeux vides. Mais, pour l'instant, je ne pensais qu'à son sourire rayonnant, à son regard lumineux.

Pendant quelques instants, je fis comme si je ne savais pas pourquoi son souvenir me faisait aussi mal, mais je n'avais plus la force de me mentir à moi-même.

Je l'aimais. J'étais probablement tombé amoureux d'elle à la seconde où son regard avait croisé le mien dans le miroir des toilettes, la nuit où je l'avais kidnappée.

Pas étonnant que je sois un mort vivant : elle avait emporté mon cœur avec elle à New York.

Mais mon amour n'aurait rien changé de toute façon. Nous n'avions pas d'avenir ensemble.

C'était juste un nouveau sacrifice que la vie exigeait de moi.

On continuait à frapper à la porte.

Nom d'un chien ! J'allais devoir virer moi-même l'importun. Mais au fond, la diversion était presque la bienvenue. Il me fallait remplacer Imogen sur ce projet d'immeuble et cette perspective me rendait malade.

Jurant tout bas, je me levai et gagnai l'entrée.

Qui cela pouvait-il être ? Et comment se faisait-il que les gardes en faction avaient laissé passer un visiteur ? Ce devait être un familier.

Bon sang, si c'était Xander ou Leon qui venaient

encore prendre de mes nouvelles, j'allais les étrangler de mes mains !

J'ouvris la porte d'un geste rageur et mon cœur, que je croyais mort, se remit à battre à cent à l'heure.

Imogen.

Elle était là, blonde, merveilleuse, vêtue d'une robe en coton turquoise qui donnait à ses yeux verts des reflets d'océan et à sa peau l'éclat d'une pierre fine.

Je ne l'avais pas vue depuis six mois et je me faisais l'effet d'un homme qui, après avoir vécu pendant des années dans les sables du désert, découvre subitement un brin d'herbe.

Elle était magnifique. Rayonnante. L'incarnation de la vie.

— Bonjour, dit-elle de sa voix familière, un peu tremblante toutefois.

Je n'arrivai pas à prononcer un mot.

— Est-ce que… je peux entrer ?

Elle m'adressa un sourire plein d'espoir.

— Qu'est-ce que tu fiches ici ? lâchai-je d'un ton hargneux.

Elle me considéra d'un regard inquiet.

— Je suis revenue, murmura-t-elle.

— Pour quoi faire ?

Les battements de mon cœur résonnaient dans ma tête, si fort que je n'entendais rien d'autre.

— Tu étais censée rester à New York, t'amuser, profiter de ta liberté !

— Je l'ai fait. Mais c'était nul.

Je la dévisageai sans comprendre.

— Comment ça, c'était nul ?

Elle s'avança vers moi et posa la main sur mon torse.

— Sérieusement, nous n'allons pas avoir cette conversation sur le pas de la porte, si ?

Le contact de sa main me traversait comme une décharge électrique et, sans même réaliser ce que je faisais, je reculai pour la laisser entrer et refermai la porte derrière elle.

Elle voulut retirer sa main, mais je posai la mienne par-dessus, la maintenant là où elle était, avide de son contact.

Sa peau était douce et je sentais son parfum. Oh ! Dieu ! Son parfum de roses…

Mon cœur se tordit de désespoir.

— Tu n'es qu'un idiot, Ajax King.

Je relevai les yeux, surpris. Une détermination familière animait ses traits.

— Tu as vraiment cru que tu pouvais te débarrasser de moi en m'envoyant à 15 000 kilomètres ? Je t'ai dit que je t'aimais avant de partir. C'est toujours vrai, ça n'a pas changé…

Mes mâchoires étaient si contractées que je pus à peine lui répondre.

— Tu devais trouver un travail, un appartement, te faire des amis et…

— Oui, je sais.

Elle agita la main comme si cela ne comptait pas.

— J'ai fait tout ça. Mais il y a six mois, ce n'est pas parce que j'en avais envie que j'ai quitté Sydney. Je suis partie pour te rendre heureux, Ajax.

Une fois de plus, je ne trouvai rien à dire.

— Seulement, tu n'es pas heureux, poursuivit-elle

en me regardant. Je vois bien que tu ne l'es pas. Et tu sais quoi ? Je ne suis pas heureuse moi non plus.

Elle appuya sa main un peu plus fort sur mon torse.

— Ma mère a donné sa vie pour moi et j'ai passé de longues années à penser que je ne méritais pas de connaître le bonheur à cause de ça. Mais je me trompais. Et c'est toi qui me l'as fait comprendre. Elle n'aurait pas voulu que je sois malheureuse et que son sacrifice soit vain.

Elle me lança un regard suppliant.

— Je ne veux pas qu'elle soit morte pour rien, tu comprends ? Et la meilleure façon d'honorer sa mémoire, de la remercier du cadeau qu'elle m'a fait, c'est d'accepter d'être heureuse. D'aimer.

La souffrance en moi s'intensifia. Elle pensait chacun des mots qu'elle prononçait. J'aurais tellement voulu partager sa certitude.

— Si quelqu'un mérite d'être heureux, c'est toi, assurai-je d'une voix âpre. Mais avec moi, tu ne trouveras jamais le bonheur.

Elle ne détourna pas les yeux.

— Pourquoi ?

C'était horrible de ne pas pouvoir la serrer dans mes bras. J'aurais voulu la broyer contre moi, la garder et ne plus jamais la laisser partir.

— Parce que tu sais ce qui arrivera si tu vis avec moi. Tu auras des gardes du corps en permanence, tu devras subir des mesures de sécurité draconiennes, des menaces, des…

— Non.

Elle posa un doigt sur mes lèvres.

— Il y aura du sexe, des sorties en bateau, des baignades, des repas en amoureux, et encore du sexe. Et puis, des projets passionnants qui m'absorberont pendant des heures, encore du sexe, un dauphin ou deux et…

Je secouai la tête pour libérer mes lèvres avant que son contact ne brise ma résistance.

— Imogen, tu n'écoutes pas.

Elle prit mon visage entre ses mains.

— Si. C'est toi qui ne m'écoutes pas. Je t'aime et prétendre que tu ne peux pas vivre avec moi parce que tu veux que je sois libre, c'est une excuse bidon. En fait, tu as peur. Je le vois.

Bien sûr. Elle avait toujours su lire en moi.

Je ne répondis pas. À quoi bon nier l'évidence ?

Elle scruta mon visage.

— De quoi as-tu peur ?

— Cette promesse que je t'ai faite, tu t'en souviens ? expliquai-je. Eh bien, c'est la seule chose qui m'ait empêché de détruire ton père. La seule chose qui m'ait empêché de basculer, de devenir comme mon père. Un assassin. Hé oui, ça me fait peur.

— Non, trancha-t-elle avec assurance. Même sans cette promesse, tu n'aurais jamais tué mon père.

— Je ne pensais qu'à ça. Je voulais qu'il paie pour ce qu'il t'avait fait !

— Mais tu n'es pas passé à l'acte. Tu n'es pas ce genre d'homme, Ajax.

— J'aurais pu le devenir, martelai-je pour qu'elle comprenne bien à qui elle avait affaire. J'ai cette violence en moi. Bon Dieu, Imogen, j'ai fait des choses horribles ! Même à mes frères. Je les ai regardés souffrir sans bouger !

— Ce n'était pas ta faute.

Le ton de sa voix était à la fois paisible et formel.

— C'est ton père, le coupable. Pas toi. Toi, tu as fait tout ce qui était en ton pouvoir pour les protéger.

— Et si le mal était en moi ?

Les mots m'avaient échappé sans que je puisse les retenir. Cette terreur secrète que j'avais toujours essayé de dissimuler.

— Si une partie de moi voulait devenir comme lui ?

Elle secoua la tête.

— Tu n'es pas lui, Ajax King. Toi, tu ne détruis pas les gens, tu les protèges. J'étais la fille de ton ennemi. Tu aurais pu m'utiliser pour forcer mon père à quitter Sydney, mais tu ne l'as pas fait. Et ces logements sociaux que tu construis, ils vont changer la vie de tellement de gens !

Elle me caressa tendrement la joue.

— Tout ce que tu fais, c'est pour aider les autres, comme tu as aidé tes frères autrefois.

— Tu n'en sais rien, sifflai-je. Tu ne sais pas ce qu'ils ont traversé !

— Je pense qu'ils auraient estimé que cela en valait la peine si, au final, ton père était mis hors d'état de nuire.

Elle me sourit avec une telle tendresse que j'en eus mal.

— Tu sais que Leon m'a téléphoné à New York ? Il m'a demandé de rappliquer en vitesse parce que tu n'allais pas bien. Ils veulent que tu sois heureux, Ajax. Tes frères t'aiment.

Mes frères. Ils étaient à l'origine de tout. Parce que j'étais l'aîné et que je devais les protéger.

— Ils ne savent rien, dis-je tout bas. Ils ignorent que mon père les menaçait et que je ne pouvais pas intervenir pour les sauver.

— Dis-le-leur, alors ! Parle-leur !

Ses doigts étaient frais sur ma joue.

— Mais d'abord, il faut que tu me permettes de rester. Parce que je ne te quitterai plus, c'est fini.

Son regard était déterminé, sa volonté aussi inébranlable que la mienne.

Elle avait miné mes défenses à la seconde où elle était apparue dans ma vie avec ses yeux innocents, ses questions et sa vitalité. Et j'avais le sentiment que cela ne cesserait jamais.

Mais ce n'était pas elle que je combattais. C'était moi-même.

— Je ne suis pas facile à vivre, dis-je d'une voix âpre. Je ne peux pas oublier le passé et je suis terriblement possessif. Et tu te trompes : je suis le fils de mon père, de la tête aux pieds.

Son merveilleux sourire était une arme qui me taillait en pièces.

— Ne te sers pas de lui comme d'une excuse, mon amour. Il détruisait, toi tu construis. Tu es un bâtisseur. C'est ce que vous faites, tes frères et toi : vous bâtissez l'avenir.

Je plongeai mon regard dans le sien et je vis rayonner son amour pour moi.

Un homme comme moi, brisé et torturé, sombre

et possessif, ne pouvait capturer un rayon de soleil et le garder pour toujours. C'était inconcevable pour moi, tellement inimaginable que je m'étais verrouillé de l'intérieur en me répétant que je ne méritais pas ce bonheur.

Mais Imogen avait brisé mon armure par sa franchise et sa confiance. Par son amour. Un amour qui me terrifiait, parce que j'en avais trop envie.

Elle avait raison, j'avais peur. Et si je cédais à cette peur, mon père triompherait.

Mais non, il ne pouvait pas gagner. Parce que je possédais une chose qu'il n'avait jamais eu : l'amour.

L'amour m'avait permis de tenir ma promesse. L'amour m'avait empêché de sombrer au fond du gouffre.

L'amour m'avait sauvé et il me sauvait encore en cet instant.

L'amour était la clé. Mon père n'avait jamais connu ce mot. Il ne savait même pas ce qu'il signifiait.

Mais Imogen, si. Et elle me l'avait enseigné.

L'amour était tout ce qui faisait la différence entre mon père et moi.

Imogen m'observait. Peut-être avait-elle lu dans mes pensées, parce qu'elle me demanda doucement :

— Est-ce que tu m'aimes, Ajax ?

Mon combat était terminé. Elle avait kidnappé mon cœur et elle ne me le rendrait pas. Je ne pouvais plus me mentir à moi-même et encore moins lui mentir à elle.

Plus jamais.

— Oui, avouai-je d'une voix sourde. Je t'aime et je t'aimerai jusqu'au jour de ma mort.

Le rayonnement de son visage m'éblouit.
— Alors, garde-moi !
— Je ne te mérite pas.
— En tout cas, tu mérites d'être heureux.

Impossible de résister plus longtemps. Elle m'avait ramené à la vie et je ne pouvais pas continuer à vivre une seule minute sans elle.

Je l'enlaçai et l'attirai contre moi. Son corps souple épousa aussitôt le mien et la souffrance qui m'habitait depuis six mois se mit à refluer, comme si cette partie de moi qui avait disparu était de retour.

— Mon Imogen…, murmurai-je en enfouissant le visage dans ses cheveux. Je ne peux plus te laisser partir.

— Tant mieux ! Parce que, de toute façon, je ne bougerai pas. Je camperai devant ta porte, je mettrai de la musique à fond jour et nuit, je chanterai à tue-tête et je me rendrai tellement insupportable que…

Je ne la laissai pas terminer. Je l'embrassai.

Maintenant, je voyais clairement la réalité : le grand projet de ma vie, c'était elle.

Épilogue

Ajax

— Tu es un crétin ! marmonna Leon en glissant une rose dans ma boutonnière.

Il fallait qu'il y ait des roses le jour où j'épousais Imogen.

— Le roi des crétins ! renchérit Xander en me lançant un regard furieux. Je n'arrive pas à croire que tu aies gardé le silence pendant toutes ces années !

J'avais fini par leur avouer la vérité. Ils savaient désormais pourquoi j'avais accepté sous la menace d'être le bras droit d'Augustus King et comment j'avais dû assister à leur malheur sans pouvoir les secourir.

Ce n'était peut-être pas le meilleur moment – après tout, je me préparais pour mon mariage – mais ils ne semblaient pas le prendre trop mal.

— Évidemment qu'il n'a rien dit ! reprit Leon avant que je puisse prononcer un mot. Monsieur est convaincu de savoir tout mieux que tout le monde, pas vrai ?

Xander jura entre ses dents.

— Et combien de temps as-tu subi ce chantage sans rien dire à personne ?

— Je ne sais pas ce qui me retient de t'étrangler, siffla Leon en ajustant rageusement la malheureuse rose.

— Je peux en placer une ?

J'arrachai le revers de ma veste aux doigts de Leon, avant qu'il ne massacre cette rose innocente.

— Ce n'était pas facile d'en parler.

— Pas facile ? ironisa Xander. Tu ouvres la bouche et les mots sortent. C'est tout simple !

Très malin. J'allais lui expliquer pourquoi je ne leur avais rien dit quand un mouvement à l'extérieur capta mon attention. Nous étions dans ma chambre à l'étage et je voyais la terrasse par la fenêtre. Elle avait été décorée pour la cérémonie qui aurait lieu dans une heure.

Imogen courait après un tourbillon blanc que le vent poussait devant elle. Elle portait une robe en soie immaculée, toute simple, une couronne de roses ornait sa chevelure blonde et elle riait aux éclats.

Deux femmes cavalaient derrière elle. Une jolie rousse et une jolie brune.

Imogen réussit finalement à attraper le tourbillon blanc – son voile de mariée – et le brandit triomphalement, pendant que Vita et Poppy, mes deux belles-sœurs, applaudissaient.

— Ça porte malheur de voir la mariée avant le mariage, murmura Xander.

— Mais pas aujourd'hui, affirma Leon.

Il y eut un silence, pendant lequel nous regardâmes

les deux jeunes femmes ajuster le voile d'Imogen, radieuses l'une comme l'autre.

— Sois heureux, Ajax ! déclara enfin Leon. Si quelqu'un le mérite, c'est bien toi.

Xander posa la main sur mon épaule sans rien ajouter.

Près de la piscine, Imogen leva les yeux et m'aperçut derrière la fenêtre. Elle me sourit et mon cœur s'enflamma.

Mes frères avaient raison : le chemin de la vie était là. C'était celui qui menait vers le bonheur.

Je n'avais qu'à le suivre.

C'était vraiment aussi simple que ça.

Une délicieuse confrontation, d'Alexx Andria - N°37

Non ! Alessandra ne cédera pas à Dante Donato le vignoble dont elle vient d'hériter. Aussi riche, puissant – et incroyablement sexy – soit-il, elle ne supporte pas son assurance, lui qui semble persuadé de parvenir à ses fins. Mais alors, pourquoi chacune de leurs confrontations lui enflamme-t-elle les sens à ce point ? Comme si elle prenait du plaisir à être tourmentée par Dante…

Regarde-moi, de Cara Lockwood - N°38

Grand, musclé, tatoué… Jackson Drake incarne le fantasme absolu de Chloe. Par chance, il habite l'immeuble en face du sien et, chaque soir, Chloe prend plaisir à épier son voisin. Seulement, elle n'imaginait pas qu'il la surprendrait ! Contre toute attente, Jackson ne s'offense pas de son audace. Bien au contraire, il semble même prêt à pousser ce jeu sulfureux encore plus loin…

La flamme du souvenir, d'Avril Tremayne - N°39

Veronica a le souffle coupé. Rafael Velez est la dernière personne qu'elle s'attendait à revoir ! Rafael, qui l'a aimée passionnément avant de la quitter sans un mot d'explication. Voilà que celui-ci s'approche d'elle… et lui fait une étonnante proposition : une ultime nuit ensemble. D'abord outrée, Veronica hésite. Après tout, Rafael est encore plus sexy que dans ses souvenirs…

Composé et édité par HarperCollins France.

Achevé d'imprimer en novembre 2019.

CPi
BLACK PRINT

Barcelone

Dépôt légal : décembre 2019.

FSC
www.fsc.org
MIXTE
Papier issu de sources responsables
FSC® C108412

Pour limiter l'empreinte environnementale de ses livres, HarperCollins France s'engage à n'utiliser que du papier fabriqué à partir de bois provenant de forêts gérées durablement et de manière responsable.

Imprimé en Espagne.